汉风唐韵

HANFENG TANGYUN

毋牧泉

山西出版传媒集团 北岳文艺出版社
BEIYUE LITERATURE & ART PUBLISHING HOUSE
·太原·

图书在版编目（CIP）数据

汉风唐韵 / 毋牧泉著．—太原：北岳文艺出版社，2024.5

ISBN 978-7-5378-6857-0

Ⅰ．①汉… Ⅱ．①毋… Ⅲ．①中国文学－当代文学－作品综合集 Ⅳ．① I217.2

中国国家版本馆 CIP 数据核字（2024）第 086009 号

汉风唐韵

毋牧泉　著

出 品 人：郭文礼
责任编辑：刘晓京
装帧设计：阎宏睿　郎俊芬
印装监制：郭　勇
书名题字：王镇虎
插　　图：王镇虎

出 版 者：山西出版传媒集团·北岳文艺出版社
地　　址：山西省太原市并州南路 57 号
邮　　编：030012
电　　话：0351-5628696（发行部）0351-5628688（总编室）

经 销 者：新华书店
承 印 者：山西基因包装印刷科技股份有限公司

开　　本：787mm×1092mm　1/16
字　　数：207 千
印　　张：16.5
版　　次：2024 年 5 月　第 1 版
印　　次：2024 年 5 月　山西第 1 次印刷
书　　号：ISBN 978-7-5378-6857-0
定　　价：48.00 元

文学的力量（自序）

现代科学技术的发展虽然一日千里，但其萌芽却深深植根于社会科学的沃土之中。一切自然科学的萌发都是与其母系学科先融合后分离的结果，它们的脐带仍紧紧接在社会科学的肌体之上。科技的发展虽然迅猛，但是它仍然不时回过头来，回望文学这个老大哥。

文学从来没有奢望成为普通人的生活必需品，但每一个人又无不受到文学的熏陶和帮助。它不仅助力成功者，也不抛弃失意者。它驱赶生命中的阴影，照亮人生前进的方向。

文学是艺术皇冠上一颗璀璨的明珠，它源源不断地向影视、戏剧、音乐、美术等姊妹艺术提供养料，同时又和它们进行平等的艺术竞争。

文运与国运相通，文脉与国脉相连，科技进步已经把智力资本推向价值链的最高端。走在新征程上的中国人民正在翘首以待，而我们的文学前辈们已经将美学的权杖禅让，在这百年未有之大变局中，我们没有撤退权。

虽然出版社在源源不断地推出新作品，但文学作者与时代的交流远远未被充分描写，永远有新思想闪烁在自然之上，永远有新题材蛰藏在自然之中。

文学作者在创作中常常会想起故乡和童年。他从过去的经历中寻找灵感，这是一脉永远挖掘不完的精神富矿，当然他也会通过阅读和观察社会寻找题材。

耕耘者一次次把种子撒入土地，挖掘题材中的矿物质，丰收与否完全取决于其在人稠广众之中遗世独存的意志力。文学作者在创作中既体会虚构的惊喜，又享受解剖社会的快乐。

一旦作品得到发表或者出版，作者便取得原理的胜利。此时，他如同从无数文学前辈手中接过一把精神火炬。他把这熊熊燃烧的火种紧紧攥在手中，既不能被它灼伤，还要把它传递给遍布人间的接力者。

面对汹涌而来的各种信息，文学作者坐在书桌前平心静气。他服从灵魂的自然悸动，并不断从鞋底弹去投机取巧的尘土。他不会因为同义重复而稀释生活经验。虽然有作者皓首穷经创作不止，但他们并不奢望丰厚的物质回报，合理的酬劳当在其中。

中国文学是这个美丽星球上一条澎湃了五千年的精神河流，五千年来它孕育出了唐诗、宋词、元曲等一系列的艺术高峰，近现代文学延续了它高贵的血脉。而现在快速发展的社会已经沉淀和凝结了无数新的艺术矿脉，等待我们去挖掘。

中国国力的强盛已经使由于经济落后而导致的文化自卑一去不复返。同时，全球化也把中国文学推向国际舞台。我们要向全世界人民展现中华民族壮丽的灵魂图景。这是一个崭新的历史周期，我们要适应这种日新月异的变化，每个人都应该为中华民族在这个星球上的完美呈现添砖加瓦。

每个作者都是色彩斑斓的文学长河中的一朵浪花。我多年来一直在学习和创作的道路上艰难跋涉。由于心余力绌，成果并不显著。但是我却深知文学创作对于我生命的濡养几乎无所不在，它一直在默默地赋予我一种强大的力量，使我战胜了人生道路上无数的困难。

爱好文学创作在无形中使你养成一种习惯，它促使你尽可能地利用空余时间阅读你所有能接触到的古今中外文学作品。这种学习要贯穿作者的一生，使你受益无穷。

写作能锻炼和提高人的心智，使人在遇到问题时能够做出正确的抉择。使你摆脱一些不必要的应酬，增加你对世事的洞悉和对待生命的悲悯。

写作的过程虽然是作者独有的享受，但其劳动成果却要与读者进行隔时空的精神交流。只有这样文学作品才会有生命力。现在，我要把文学事业所赋予我的生命力量返哺给文学，这就像一个禀赋不高、成绩不好的学生仍要向老师递交答卷一样。

一本书既是作者的思想结晶，也是展示其孜孜不倦的学习过程的窗口。希望读者察叶观脉得到一点小小的收获。借拙作《汉风唐韵》出版之际，鄙人写出几点粗浅的心得，与诸君共勉。

目　录

散文卷

诗歌卷

小说卷

附　录：

散文卷

一种花有几个名字

我的故乡有一种花，乡亲们多年来一直把它叫作钹花。钹是一种铜制的乐器，呈圆形，中部隆起如半球状，正中有孔，用来穿绸条或布片。用两片铜钹用力拍击，可以发出响亮的声音。这种古老的乐器至今仍在使用，从乡下的锣鼓队到城里的剧团都在用它。

在故乡，钹花的生长环境并不优越。村子周围的零星荒地，果园菜园的墙根下，房前屋后的空闲角落都会有它的身影。它们喜欢群居，常常成片地生长在一起。它高大的植株非常需要阳光水分和养料，一般情况下别的杂草不会在它的近旁生长。它盛开的花朵像一只铜钹，因此把它称作钹花可以说是天经地义，乡亲们就一直这样叫着。

直到两年前，我从一档介绍植物的电视节目中才知道钹花的学名叫蜀葵。虽然以前在阅读中也曾接触过这个名词，却一直不知道它是一种什么植物。从此后还知道了蜀葵属于锦葵科，是一种两年生的草本花卉。

有一天我告诉故乡的一个朋友，钹花的学名是蜀葵，但朋友却告诉我它还有另一个名字：旱芙蓉。“这名字好啊！”我不禁发出一声惊叹！在汉语中“芙蓉”可不是一个平凡的词汇，芙蓉鸟、芙蓉国……唐代诗人白居易在《长恨歌》里写道：“云鬓花颜金步摇，芙蓉帐暖度春宵。”还有一个词叫芙蓉如面，古代文人常常把美女比作芙蓉。另一位唐代诗人元稹在一首题名为《刘阮妻》的诗中说：“芙蓉脂肉绿云鬟，罨画楼台青黛山。”还有，清初画家笪重光在一首《题唐光〈红莲图轴〉》的诗中写道：“红蕖袅袅映陂塘，荷叶高擎新露凉。挂向茆堂无俗韵，一时词客画闻香。”

没有想到的是，蜀葵的名字还不止这些。那是半年前的一天在翻阅《辞海》时“蜀葵”的条目下有五个字映入我的眼帘：亦称“一丈红”。一丈红这名字多有气势！尽管它有一点理想主义的倾向（因为蜀葵花朵的颜色并不止一种），但是你可以想象：一个人站在一丈高的花下，这该有何等的威武。这一画面对今天爱好摄影拍照的群体，绝对是一个抵挡不住的诱惑。

蜀葵是我小时候在故乡见到的最高大的一种野生草本花，它陪伴着我度过了寂寞的童年。

一到春天，蜀葵便开始从地下长出叶子，叶子仿佛人的手掌大小，呈丛生状态。一入四月，它的植株便逐渐从茂密的叶丛中探出头来，且生长极快，同时每一片叶子的叶柄上方都会持续出现小小的花蕾。到了夏初，它的植株一般会长到两米左右的高度，花蕾们也变得饱满，似乎已经到了含苞欲放的状态。

在每年的端午节前，蜀葵会开出零星的花朵，这些花儿隐藏在茂密的叶片中间，仿佛十分害羞。但是一过端午节，整个植株上便会开满花朵。它们姹紫嫣红，在南来的熏风中摇曳争艳。蜀葵开放最旺盛的时候恰好是北方农村最繁忙的季节。收割小麦的农人们会忙里偷闲地去观赏这种美丽的花朵。

蜀葵的花朵是一种离瓣花冠，远望花瓣的底部好像连成一体，而在近处观察其实它们分别长在花托上。每一个花瓣都在奋力向外舒张，它们仿佛要极力挣脱花萼的持抱。为了让花儿们展示娇艳无比的容颜，每一片叶子都伸直了它们的手臂，仿佛在怕一不小心，就遮蔽了那些美丽的花朵。而花心的正中央，一个粉嘟嘟的金黄色的花蕊端坐其中，它在等待蜂蝶们来赴一场甜蜜的宴会。

蜀葵不怕炎热，它们迎着夏天的阳光灿烂绽放。初绽从端午节开始，花期有两个多月。到了后期，最早开放的花朵已经变成绿色的果实，迟到的花蕾们还在不断的开放。蜀葵的果实呈扁圆形，如同一片磨扇，乡亲们亲切地称之为磨子。这种果实在早期能食用，吃起来软糯适口，没有一丝苦涩。只有到后期长成成熟的种子时才变得坚硬起来。

我不知道蜀葵这种植物在什么时候从天府之国移植到北方，但却知道它已经与传统的旱作农业伴生了许多年。在生存艰难的年代里，人们一般不会为这种并没有食用价值的植物施肥浇水，也不会帮助它播种育苗。但蜀葵的生存能力很强，它一直在自我传宗接代。它的种子体量较大，它们从高大的植株上掉落下来后滚动距离不会太远，并不能像蒲公英那样漫山遍野去撒播种子。因此，蜀葵一直在人居住的区域周围生长，它们的种群不会离村庄太远。

在雨水偏少的年份，蜀葵的植株会比较矮，叶子和花朵也比较小，但它们绝不会推迟开花的时间。它们忠实地陪伴着乡亲们，愉悦着人们一年又一年。它的根和花还可以药用，有清凉解毒的作用。

人类对于花卉有着共同的审美共鸣，它可以跨越国界，沟通文明。蜀葵是最早流传到世界各地的中国本土花卉品种之一。它比菊花等一些高贵品种传入欧洲早了二百多年。在古罗马的壁画中，在梵高等画家的经典作品中，都有它的身影。在国内它的后代也被园艺师们从乡下移植到城市里的公园，登上了大雅之堂。

写到这儿，我真想寻找一首专门歌颂蜀葵的诗歌，但翻遍手头的书籍并无结果。只好临时自创一首《咏蜀葵》的诗歌：

月里嫦娥夸桂丹，
多年游子忆故园。
垣上芙蓉羞凌波，
空中荷叶拒生莲。
姚黄魏紫开次第，
蜂狂蝶醉舞蹁跹。
夏花更比春花好，
五洲四海美名传。

诗虽然写得不好，却表达了我对蜀葵的喜爱。

地球在创造了动物的同时也创造了植物，以便这两个物种在生存中相互扶持。蜀葵是大自然对我们人类的馈赠，也是植物鼓励动物的模范。它启示我们：人的一生也是一个逐渐绽放的过程，顺境和逆境都不能放弃奋斗。只有不断适应变化着的生存环境，你才能在事业上一往无前。

卫夫人与王羲之的《姨母帖》

一

两晋时期出现了不少名家。在文学艺术上有陶渊明、谢灵运、左思、刘勰等人，在书法艺术上则出现了王羲之、王献之、卫夫人、陆机、索靖、谢安等人。

卫夫人名铄，字茂漪，祖籍山西安邑。她所出身的家族是一个书法世家，其爱好书法的传统从汉末一直传承到魏晋。河东安邑卫家在中国书法史上较有名气的还有以下三人：

卫觊，字伯儒，虽然生卒年月暂不可考，却知他是东汉征士卫皓的曾孙。卫觊在三国时事魏，曹操时任司空椽属，还出任过茂陵令、尚书郎。曹丕执政时是阳吉亭侯，魏明帝曹叡时受封阌乡侯，食邑三百户。

康有为在《广艺舟双辑》中认为“卫觊草体微瘦”，“然此宗之书，自当以筋骨为上”。他还说：“钟派盛于南，卫派盛于北。”康有为把卫觊与当时的书法大家钟繇并列，并认为卫之正书不但堪称北碑之宗，甚至连隋唐的一些碑版亦源于卫氏。

卫瓘（220—291），字伯玉，系卫觊之子，也是曹魏时的谋士。他弱冠时即为尚书郎，西晋时为尚书令，还担任过司空太保等职。卫瓘在魏末时曾监邓艾、钟会两军灭蜀，之后又集结诸将平息了钟会的叛乱。

唐人张怀瑾在《书估》中将卫瓘列为古今书家第一等，并将卫瓘的章草列入神品，隶书、行书及草书列为妙品，还将卫瓘所写的文章列为能品。此外，卫瓘还以擅写柳叶篆书而驰名。

我们现在能看到的卫瓘的书迹只有《顿首州民帖》一件。此帖收录在宋代的《大观帖》，拓本现存故宫博物院。全帖虽然仅有五十四个字，但它却与索靖的《月仪帖》以及陆机的《平复帖》等作品一起向我们展示了其时代的最高成就。仅此一帖，就可以使卫瓘垂世远久。

卫恒（？—291），字巨山，系卫瓘之子，官至黄门侍郎。卫恒的最大贡献是编著了中国第一部系统而完整地论述书体、书史、书论的著作《四体书势》。其中《篆势》为蔡邕撰，《草势》为崔瑗所撰。唯《字势》《隶势》为卫恒自撰，从文风来看，前二者显然经过卫恒的加工、改动。

张怀瓘在《书断》中称其潇洒于隶书，又善章草及草书。他称赞卫恒的古文“体含风雅，调合丝相，探异钩深，悠然独往”。他认为其古文水平超过了卫觊和卫瓘。《淳化阁帖》中收录有卫恒的《往来帖》和《一日帖》。

现根据卫氏后人提供的资料，来纠正一些传记书籍和史志资料上的瑕疵。前一段，在离山西安邑不远的王范村看到了一块墓碑，全碑名为《晋太保录尚书事征东征北大将军青州幽州刺史封畄阳公赠兰陵君卫谥成公讳瓘之墓碑》。此碑立于民国二十五年（1936）八月，立碑者为卫氏后裔卫挺生，立碑时任中华民国政府立法院立法委员。该碑文中刻有：“……公族子廷尉道舒讳展之女茂漪名铄适汝阴太守李矩……”在这里，我们知道了卫夫人的父亲名展字道舒，其官职为廷尉。既然卫展为卫瓘的族子，作为卫瓘之子的卫恒应该是卫夫人的族叔，根本不可能是所谓的“从兄”。这也说明了在晋惠帝永平元年（291）贾皇后派楚王司马玮等人冤杀卫瓘一家时没有殃及卫夫人一家的原因。因为不是直系亲属，才没有被伤害。虽然有幸免灾，但毕竟与卫瓘一家是同族，心灵上的惊扰肯定不小。

在这个冤案中，不仅年已七十一岁的卫瓘被杀害，还有他的三个儿子卫恒、卫岳、卫裔及孙子卫璋等共九人罹难。只有两个孙子卫玠、卫璪因外出幸免。碑文中还记载：“及楚王伏诛，公女上书晋廷，追封为兰陵郡公谥曰成。谥公长子曰贞世子……公次孙璪袭公爵”冤案后来虽然平反，却使卫家元气大伤。可怜两个书法大名家均惨死在这个冤案中。

二

我们不相信血统论，却相信生物进化和生命遗传的神奇力量。

卫夫人生于晋泰始八年（272），她生在一个书法世家，父亲卫展曾担任过江州刺史和廷尉，对书法也十分热爱。卫夫人从小就受到家庭传统的影响，她最初的玩具就是笔墨纸砚。她自己后来在一封信中说：“……但卫随世所学，规摹钟繇，遂历多载。年二十，著诗论草隶通解，不敢上呈……”年仅二十岁，就以诗歌的形式来论述草书和隶书，这是需要多年的书法实践和深厚的文字功底才能胜任的。由此可见卫夫人自幼年开始便在父母的严格要求下学习书法和古文。

唐代大诗人杜甫在一首题为《丹青引赠曹将军霸》的诗中写道：“将军魏武之子孙，于今为庶为清门。英雄割据虽已矣，文采风流今尚存。学书先学卫夫人，但恨无过王右军。丹青不知老将至，富贵于我如浮云……”这首诗让我们知道早在盛唐时代卫夫人便已名声不小。

唐人张怀瓘在《书断》中称其书“碎玉壶之水，烂瑶台之月，宛然芳树，穆若清风”。又一唐朝人韦续称:“卫夫人书，如插花舞女，低昂芙蓉；又如美女登台，仙娥弄影；又若红莲映水，碧沼浮霞。”

现在让我们通过细细品味卫夫人流传下来的唯一一篇书法理论文章《笔阵图》，来欣赏一个艺术灵魂的唯美追求。

> 夫三端之妙，莫先乎用笔，六艺之奥，莫重乎银钩。昔秦丞相斯见周穆王书，七日兴叹，患其无骨；蔡尚书入鸿都观碣十旬不返，嗟其出群。故知达其源者少，暗于理者多。
>
> 近代以来，殊不师古，而缘情弃道，才记姓名。或学不该赡，闻见又寡，致使成功不就，虚费精神。自非通灵感物，不可与谈斯道矣。

本段强调用笔为先。并指出学习书法要见多识广，既要多观摹名家名作，又要有自己的见解和感悟。

> 今删李斯《笔妙》，更加润色，总七条，并作其形容。列事如左，贻诸子孙，永为模范。庶将来君子，时复览焉。笔要取崇山绝仞中兔毫，九月收之。其笔头长一寸，管长五寸，锋齐腰强者。其砚取煎涸新石，润涩相兼，浮津耀墨者。其墨取庐山之松烟，代郡之角胶，十年以上强如石者为之。纸取东阳鱼卵，虚柔滑净者。

本段第一层意思是“我的七条”源自李斯的《笔论》，但已对之加以修改润色，希望后辈子孙和有意学习书法的人反复阅读体会。接着提出了对笔墨纸砚的要求。

用动物的毛制笔是中华民族比较古老的一大发明。除了卫夫人所说的兔毫外，还有用鸡毫、羊毫、狼毫等用动物毛制成的笔。甚至还有用不同的动物毛制成的兼毫笔，如鸡狼毫、羊狼毫、鹿狼毫、豹狼毫等。

至于砚，卫夫人所说的“煎涸新石”是说要以发墨好的新石砚为上品。“润涩相间”是讲砚石的坚软要合适。

制墨术在我国传承悠久。在南唐时期，被后主李煜任命为制墨官的李廷珪的制墨方法就很特殊：松烟一斤，珍珠三两，玉屑、龙脑各一两，和以生漆，捣十万杵而成。

两晋中期距东汉蔡伦发明造纸术仅有二百余年，当时的造纸工艺还比较落后。试想那时候能用上东阳鱼卵制造的上好纸张的人绝非普通人。

> 凡学书字，先学执笔。若真书，去笔头二寸一分；若行草书，去笔头三寸一分执之。下笔点画、波撇、屈曲，皆须尽一身之力而送之。初学先大书，不得从小。善鉴者不写，善写者不鉴。善笔力者多骨，不善笔力者多肉。多骨微肉者谓之筋书，多肉微骨者谓之墨猪。多力丰筋者圣，无力无筋者病。一一从其消息而用之。

本段先说执笔的方法。然后论述“善笔力者多骨，不善笔力者多肉”。她的意思是说凡骨法用笔是指能把笔擒得定，纵得出，道得紧，拓得开，提按起倒，挺拔矫健，浑身都是解数才行。只有这样才能达到“多力丰筋者圣”的一个境界。这种技能其实是从长期悬肘苦练中得来的。

> 横如千里阵云，隐隐然其实有形。
>
> 点似高峰坠石，磕磕然实如崩也。
>
> 撇如陆断犀象。
>
> 努如百钧弩发。
>
> 竖如万岁枯藤。

捺如崩浪奔雷。

钩如劲弩筋节。

右七条笔阵出入斩斫图。执笔有七种：有心急而执笔缓者，有心缓而执笔急者，若执笔近而不能紧者，心手不齐，意后笔前者败。若执笔远而急，意前笔后者胜。又有六种用笔：结构圆备如篆法，飘扬洒落如章草，凶险可畏如八分，窈窕出入如飞白，耿介特立如鹤头，郁拔纵横如古隶。

然心存委屈，每为一字，各象其形，斯道妙矣，书道毕矣。

本段有三重意思。首先是强调汉字的每一笔划要达到的境界，它与永字八法有异曲同工之妙。接着卫夫人又提出了执笔时的七种心态。把心态作为书法理论来阐述的确新颖，而她所提出的“意前笔后者胜”值得我们深思。最后，她还提出了六种用笔。

读完卫夫人的《笔阵图》，我不由得想起元曲大家马致远在《张玉岩草书》这篇散曲中的诗句。其中写道：“霜毫沥沥蘸寒泉，麝墨浓浓浸端溪。”“画一画如阵云。点一点似怪石。撇一撇如展鹍鹏意，弯环怒偃乖龙骨，峻峭横拖巨蟒皮。”“恶如山鬼拔枯树，媚似杨妃按羽衣”“就中浑穿诸家体，四海纵横第一管笔……”

做为一名女性，卫夫人手中的紫毫笔比她的性别更为大胆。

三

山西安邑卫家和山东琅邪王家均以书法传承为己任，因为书法不仅是他们的精神财富，更是他们在朝中为官任吏，发展抱负以及庇护家人的一种谋生手段。

以卫夫人的家庭为例：她的父亲卫展的官职为廷尉，还出任过江州刺史；丈夫李矩任职汝阴太守；儿子李充为中书侍郎。就连卫夫人的侄儿李定、李式的职务也均为侍中。这五个人也同样擅长书法，其中李式的名气最大。

所以，卫夫人对于书法的学习、探讨和传承，实质上是一种延续家族的使命。只不过她比她的前辈更执着，也更出色。她为书法而生，为书法而活。

卫夫人留给我们的遗产除了《笔阵图》这一篇文章外，还有《淳化阁帖》中收录的《与释某书》法帖，《玉台名翰》中收录的《名姬帖》，另外还有《卫氏和南帖》传世。

在中国书法史上，卫夫人是女性书法家开山鼻祖式的人物。她从男性前辈身上吸取经验，又对后世的女书家以启示。她不仅是历代男性书法家学习的楷模，还激励了历代无数女书法家冲破封建牢笼的桎梏，用手中的笔为她们争取到了名望和地位。

四

从东汉中后期一直到魏晋，门第攀比之风愈来愈盛。只有累世大族才能位显权重。在永嘉南渡时期，跟随晋室南迁的不仅有山东琅邪王氏和山西安邑卫氏，另外还有谢氏、庾氏、郗氏、桓氏等其他名门望族。

东晋士族并没有放弃重视家学的传统，对于贵族子弟的教育非常重视。因为文化的传承实质上等同于权势的接力，只有家学丰厚、文化底蕴强的子弟将来才可能进入权力中心。在此情况下，大多数贵族子弟的上进心也很强。由此可见王旷夫妇对于王羲之学习书法的重视也就在情理之中了，更何况身边的亲人就是现成的老师。那时候，名门望族的父母们希望子弟学习书法的热情和现在白领们希望孩子学习外语和音乐的情况差不多。

山东琅邪王氏和山西安邑卫氏两家自曹魏时代起均为名门望族。因此，卫夫人的妹妹与王旷结为夫妻是门当户对的。在永嘉元年，当王羲之一家南渡到建邺时，卫夫人一家也从洛阳来到建邺，两家一定住得不远。

这是永嘉二年阳春三月一个春光明媚的日子，建邺城应该是莺飞草长的时节。从乌衣巷里走出一个翩翩少年，他就是王羲之，他要到姨母家去学习书法。他并不知道从那时起两个书法世家的希望叠加在他一人肩上。那一年卫夫人已经三十八岁，她的书法艺术和理论素养已经完全成熟。但怎样使一个稚气未脱的孩子热爱并学习书法，如何培育蛰伏在这个少年身上的艺术萌芽，卫夫人显然要做出很大的努力。她接手的是一个系统工程，绝不仅仅是教授书法这样单一。她还要对少年王羲之进行文字启蒙和文学知识普及。

永嘉三年，王羲之的父亲王旷时任淮南内史，他受在朝廷掌握军事大权的太傅司马越委派率将军施融、曹超赴上党拒刘聪。因为战事失利，施融、曹超战死，王旷从此下落不明。年仅七岁的王羲之受到家人情绪的影响，显得郁郁寡欢。因此卫夫人的当务之急是抚慰孩子受伤的心灵。

待王羲之的情绪平复之后，她才向他讲一些书法故事。接着，在学习每一个字的笔画结构的同时，她一定要详细讲解这个字的来历、内涵及引申意义，甚至还要讲一些词汇典故。待孩子的理解能力逐步提升以后，她进一步要讲一些文章结构。因此，卫夫人绝不仅仅是一个简单的书法教师，她不仅要对王羲之进行文化启蒙，还要逐步提高他的文学素养。

有了大量基础知识的铺垫，教与学的重点才能放在书法上。但这时卫夫人又鼓励外甥自己创作并书写一些有创意的小文章。王羲之在这种循序渐进的学习中不断进步，他对于书法学习的艺术自觉从感性上升到理性。

王羲之从年尊辈长的姨母身上不仅学到了知识，还学到了她那坚强的意志。而卫夫人则从少年王羲之身上发现了他对于书法形态的迷恋及接受各种知识时的敏捷悟性。一个认真地教，一个勤奋地学。好学生遇上了好老师，其结果必然是双赢的。

少年王羲之虽然不善于语言表达，但他在观照姨母的形体、动作和智慧时感到了十分的欣喜，他感觉到了一个人在掌握知识后所能发挥的巨大能量。

对于卫夫人来说，书法是她生命的支点。她多年来一直在苦苦寻找能把这门艺术传承下去的生命载体。而眼前这个聪慧早熟的少年，他不但是自己的弟子，而且是妹妹的儿子，自己的外甥，一个至亲至爱的人。她从他对于书法的领悟中看到了王、卫两家把书法艺术传承下去的希望。这个希望更使她竭尽全力。

尽管王羲之在成年以后开始向其他人学习书法，但卫夫人对这个外甥的关注并未停止，她后来一直在用平等的身份和成年的王羲之进行切磋和交流。

植物节节相连，最终以花和果结束。卫夫人的最大贡献是指导王羲之完成了对前辈书法名家各流派的全面继承。这一基础工程对王羲之后来的发展至为重要。正如唐人张彦远在《法书要录·传授笔法人名》里写道："蔡邕受于神人而传之崔瑗及女文姬。文姬传之钟繇。钟繇传之卫夫人。卫夫人传之王羲之……"

艺术奇迹不会被哪一个王朝召之即来。尽管后来摹本层出不穷，但《兰亭序》的艺术奇迹不会在唐朝或者宋朝重新出现。到了永和九年，王羲之如鱼得水，他呼吸会稽自由的空气，享受兰亭成熟的果实。

任何艺术精品都是回顾性的，它们不可能在一瞬间石破天惊横

衛夫人与王羲之之姨母帖
笔阵图

空出世。任何创新都是在彻底地继承传统之后。它一定有其遗传特质的强悍呈现。

五

让我们把时间定格在东晋穆公永和五年（349）十一月十三日，这是王羲之人生中一个永远难忘的日子，也是中国书法史上一个值得悲伤的日子。山西安邑卫氏家族的女强人，中国历史上有名的书法家卫铄，她在晋朝这个动荡不安的朝代中顽强地活过了七十八岁。当然她的长寿也应该感谢她的紫毫笔，是中国传统文化的精气神使她长寿。她不仅是王羲之的姨母，还是汝阴太守李矩之妻，中书侍郎李充之母，侍中李定、李式之婶母。就在这一天，卫夫人寿终正寝，她仙逝了。这一年王羲之四十七岁，正在建康城内任右护军将军。

卫夫人的身体在七十岁以前应该说是很硬朗的。但是在东晋咸康六年（340），与她相依为命的妹妹，也就是王羲之的母亲逝世后，她因为伤心过度而身体状况变差。姐妹俩的后半生其实是在一起度过的。因为卫夫人的丈夫李矩早逝，而王羲之的父亲中年失踪，姐妹二人以沫相濡互相扶持。虽然没有夫唱妇随的乐趣，却有着儿孙茁壮成长的欣慰。

永和四年，王羲之的第七个儿子——五岁的王献之已流露出喜爱书法的意向。王羲之专门为他书写了《乐毅论》供其临写。年已七十七岁的卫夫人不顾年老体衰，也书写了《大雅吟》并赐与王献之。她把她的心血倾注在了王家两代人身上。

在姨母病重期间，在建康任职的王羲之也曾多次探望。但姨母的离去还是让他感到了巨大的悲痛，这悲痛甚至比九年前母亲去世时更为强烈！

他怀念她不仅仅因为她是他的亲人，更重要的是她一生对于书法传承的执着和鞠躬尽瘁。王羲之想起了从乌衣巷走出来的那个翩翩少年，想起了少年时姨母手把手教他书写的情景。才华由手腕传递涌向笔端。她用笔墨纸砚向后代传递她强有力的生命能量，他感觉到她传递的能量有着母乳般的微温。

四十七年来，有一双眼睛一直深情地注视着他。在这慈祥的目光里，王羲之有过春风得意，有过新婚燕尔，也有过困顿和挫折。是这温暖的目光照耀他走过了四十七年难忘的岁月。而卫夫人也在这四十七年的注视中得到了回报。她从王羲之和王献之两代人的身上看到了王、卫两家的书法脉动正在向未来流淌，这难道不是她多年的夙愿吗？

在这四十七年中，王羲之经历了太多的悲欢离合与生老病死。但这一次他还是被这可怕的自然规律击垮了。卫夫人的音容笑貌一次次出现在他的脑海中。她不仅是他的至爱亲人，还是他书法和文学的启蒙老师。她为书法传承耗尽了毕生的心血。王羲之被这双重的悲痛击垮了，以至于他感觉到他多年未犯的癫痫病似乎又要犯了。

他的精神状态使全家人乱作一团……但过了一个时辰他却慢慢恢复了常态。

随着王羲之的一声大喊："快拿紫毫笔来。"家人悬着的心才放了下来，因为他要写字的时候，往往是他精神状态较好的时候。他要用姨母传递给他的技能来纪念姨母，在此刻也只有书写才能使他奔突的情感找到一个释放的出口，他一鼓作气写出了以下文字：

> 十一月十三日羲之顿首顿首：顷遘姨母哀，哀痛摧剥，情不自胜！奈何！奈何！因反惨塞，不次，王羲之顿首顿首！

这就是有名的《姨母帖》。我们从王羲之优美劲健的书写中，仍能看出他的书法艺术带有卫夫人格调高古、清婉灵动的神韵。

在王羲之惊天动地的顿首中，卫夫人对王家两代人的呵护轰然崩塌了！让我们共同哭泣吧！同王羲之一起，为一千六百年前的这位艺术教母，为中国书法史上的这个伟大女性。

六

中国历史上著名的女皇帝武则天流传下来的诗歌有四十多首。她爱好文艺，在朝中建修文馆，网罗文士不遗余力，对诗歌的繁荣有一定影响。

就在武则天执政中期的一天，她忽然想起唐太宗李世民生前酷爱王羲之的书法并且死后还用《兰亭序》陪葬的事来。她派人叫来了王羲之家族的后人王方庆，向他询问二王法帖真迹的保存情况。王方庆当时在朝中供职，他不敢隐瞒，便将家中还保存有二王真迹二十余件的事汇报给女皇。第二天，王方庆便将包括王羲之《姨母帖》在内的所有家传二王法帖全部献给了武则天。他的献帖实在是出于无奈，因为他知道武则天是一个连她的亲人都敢杀掉的女君主。他献出家传的墨宝实际上是为了免祸。

事情过了半年，武则天再一次召见王方庆。这让他十分害怕。明明书法真迹已经全部上交，女皇帝为什么还要纠缠不休呢？王方庆怀着忐忑不安的心情去见武则天。他看见女皇的龙案上放着一个大锦盒，他困惑不解。

谁知武则天这次是为了归还王方庆献上的全部法帖。她只是让宫廷画师们用双钩的方法把所有的法帖临摹了一遍，每一件法帖都有了复制品，她又将书法真迹完璧归赵。

家传的墨宝失而复得，这让王方庆万分感激，只是武则天归还给王家的这些真迹到后来均不知所踪，它们全部淹没在历史的迷雾中。倒是武则天叫人所临摹的《姨母帖》反而流传了下来。

后来，这宝贵的《姨母帖》流传到明代画家兼大收藏家项元汴手中。他重金购得《姨母帖》之初十分高兴，到后来却越来越困惑。原来项元汴一直在不断观摹《姨母帖》，到后来却越看越不像是真迹。因为《姨母帖》是王羲之在十分悲痛的情况下所写，它的风格自然与《兰亭序》大异其趣。再加上他所购买的本来就是武皇朝的摹本，所以引起了项元汴的烦恼。这幅《姨母帖》虽然是摹本，但也十分珍贵。它在一千多年的辗转流传中不知经过了多少文人墨客的把玩激赏一直到今天。换句话说，如果不是当初的临摹，我们现在也不会看到这幅珍贵的作品了。

这幅《姨母帖》现珍藏在辽宁省博物馆中。

李白与汾阴宗氏

一

唐代大诗人李白一生有过四段婚姻。唐人魏颢在《李翰林集序》中说："白始娶于许……又合于刘，刘诀。次合于鲁一夫人……终娶于宗。"这个宗便是李白生命中最后十年和他相依相伴的山西蒲州汾阴县宗氏家族的宗多君。

李白在《自代内赠》这首诗中写道："妾家三作相，失势去西秦。犹有旧歌管，凄清闻四邻……"李白所指的"三作相"是怎么一回事？这里就有必要简单介绍一下宗多君的爷爷宗楚客。

宗楚客（？—710）的曾祖父宗丕曾任后南梁弘农太守。梁亡入隋后，宗丕把全家由河南南阳北迁，落籍至山西汾阴县（今万荣县西部）。由于唐时汾阴县由蒲州管辖，因此史书上记载宗楚客为蒲州人。宗楚客的父亲宗岌曾在魏王泰府任职，他还与谢偃等人编撰了《地括志》一书。宗岌的夫人是武则天的堂姐，这也是汾阴宗氏家族在武则天时代频频得到重用的一个原因。

最初宗楚客因及进士第任户部侍郎。后在担任兵部员外郎期间，他因向武则天提供了正确的平边方略而得到重用。后来因为贪赃与其兄宗秦客一同流放岭外。一年后其兄病死，宗楚客还京任检校下官侍郎、同凤阁鸾台平章事。第一次罢相是因为营造府邸过于豪华，就连武则天的女儿太平公主看了他所建造的相府都赞叹不已。因为僭越奢侈过度，他由文昌左丞被贬为播州司马。后来又从豫州长史渐至少府少监，并恢复了相位。但他在第二次任相后，又因聘娶邵王的乐妓获罪，被贬为原州都督。在武则天执政时期，他虽然官运不错，但起起落落反复多次。唐中宗返政后，宗楚客又升为同中门下三品，第三次身居宰相之位。

直到唐睿宗景云元年（710），临淄王李隆基起兵诛杀韦氏集团，韦皇后与上官婉儿等一干人统统被杀。宗楚客虽是韦氏集团成员之一，但因当时不在宫中侥幸漏网。事后他化妆后骑着一头青驴企图从长安通化门出逃，被守门的将士认出，遭到捕杀。宗楚客虽然三次为相，但最终还是成了皇权角逐的牺牲品。

《全唐诗》收录有宗楚客创作的诗歌六首。其中一首题为《奉和幸上阳宫侍宴应制》的诗作写道："紫庭金凤阙，丹禁玉鸡川。似立蓬瀛上，疑游昆阆前。鸟将歌合转，花共锦争鲜。湛露飞尧酒，熏风入舜弦。水光摇落日，树色带晴烟。向夕回雕辇，佳气满岩泉。"

宗多君与李白的结缘还源于一段"千金买壁"的佳话。李白在京城长安受到排挤，被唐玄宗赐金放归。天宝三载（744），他与杜甫、高适二人在梁园一带游玩。一天酒后，李白诗兴大发，随手在一座寺院的粉墙上写下了著名的诗歌《梁园吟》。

此后有一天，一位穿着白色衣裳的女子携带丫鬟也来到该寺院游玩。她发现了壁上的题诗，便驻足壁前反复吟诵。正在她如痴如醉的时候，寺院里的僧人要清除掉壁上的诗句。白衣女子为了保存诗文，她与寺院交涉，花一千两银子买下了这块粉壁。其实就是买了一堵写着字的墙。这位女子就是后来成为李白夫人的宗多君。

《梁园吟》是李白离开长安后所创作的一首重要作品。它既不同于《蜀道难》以奇思异想而令人惊诧无比，也不同于《将进酒》

那样将悲观失望展示得一览无余。同样是悲愤苦闷，同样是消极和无奈，却写得繁复曲折，丰赡多姿。像这种高难度的表述，只有李白才能掌控。他虽然在仕途上受到了挫折，却迎来了诗歌创作上的又一个旺盛期。《梁园吟》全诗如下：

我浮黄河去京阙，挂席欲进波连山。
天长水阔厌远涉，访古始及平台间。
平台为客忧思多，对酒遂作《梁园歌》。
却忆蓬池阮公咏，因吟渌水扬洪波。
洪波浩荡迷旧国，路远西归安可得？
人生达命岂暇愁，且饮美酒登高楼。
平头奴子摇大扇，五月不热疑清秋。
玉盘杨梅为君设，吴盐如花皎白雪。
持盐把酒但饮之，莫学夷、齐事高洁。
昔人豪贵信陵君，今人耕种信陵坟。
荒城虚照碧山月，古木尽入苍梧云。
梁王宫阙今安在？枚、马先归不相待。
舞影歌声散绿池，空馀汴水东流海。
沉吟此事泪满衣，黄金买醉未能归。
连呼五白行六博，分曹赌酒酣驰晖。
歌且谣，意方远，
东山高卧时起来，欲济苍生未应晚。

李白生来就是为了表达，而此刻，旭日东升，众星消隐，他岿然屹立在唐诗高原的万道霞光里。传统文化所累积的精神能量从他的笔尖下喷薄而出。

宗多君如此迷恋于李白的《梁园吟》，是因为这首诗也牵出了她一缕伤感的回忆。她的家庭也有着同样伤心的经历，甚至比李白受到的打击更大。试想她爷爷宗楚客被杀后，失势的宗家人仓皇向西秦迁移的情景。

虽然李白与宗多君的交往从“千金买壁”开始，但他俩的结合却在数年以后。郭沫若先生曾经推断李宗二人的结合是在天宝三载（744），而这一年恰好是李白创作《梁园吟》的时期，这个时间节点似乎有点过早。现在，学者们大多认为他俩结合的时间应该在天宝八载（749），这一年李白四十九岁。从相识、相恋到相爱有数年的时间可供互相了解，这何尝不是一件好事。

三

李白与宗多君在一起度过了七年的幸福时光。

但此后，从至德二年（757）永王李璘兵败到乾元二年（759）三月南流夜郎遇赦，李白经历了一生中最为困苦的时光。就连他的老朋友杜甫也在《不见》一诗中写道：“不见李生久，佯狂真可哀。世人皆欲杀，我意独怜才……”

一开始，李白被关在浔阳的监狱中，这是他以前从未有过的经历。他在狱中很着急，不断写诗向人求救。李白分别向崔涣、高适等人求援。

在狱外的宗多君也在四处奔走。正如李白《在浔阳非所寄内》一诗中所写“闻难知恸哭，行啼入府中。多君同蔡琰，流泪请曹公……”在诗中，李白借用了三国时期蔡文姬为了救自己的第三任丈夫董祀不惜屈膝向曹操求情的典故。史书记载文姬“蓬首徒行，叩头请罪”。其实宗多君所遇到的困难比蔡文姬还要大。她并不能直接面见唐肃宗，而只能向一些熟识李白的官员求助。

并不是所有的人都愿意帮忙。比如李白的老朋友高适当时就担任着御史大夫、扬州大督都府长史及淮南节度使等职。他是李白所熟识的人中职务较高的一个，而且李白在《送张秀才谒高中丞》一诗中已流露出明显的求助信号，但高适并未施以援手。

最终宗多君的四处奔走还是发生了效力，在宣抚大使崔涣和御史中丞宋若思的努力下，李白终于从浔阳监狱中放了出来，并一度在宋若思的帐下效力。但朝廷最终还是以死罪可免，活罪难逃为由判处李白长期流放夜郎。

为了不使李白在流放的途中受苦，宗多君和自己的弟弟宗璟带着银两陪伴李白上路。李白在《窜夜郎，于乌江留别宗十六璟》一诗中写道："君家全盛日，台鼎何陆离。斩鳌翼娲皇，炼石补天维。一回日月顾，三入凤凰池……我非东床人，令姊忝齐眉……适遭云罗解，翻谪夜郎悲。拙妻莫邪剑，及此二龙随。惭君湍波苦，千里远从之……。"李白把宗多君和宗璟比喻为时刻伴随在自己身边的两条龙，还把夫人比作力大无比的莫邪宝剑。正是因为有了汾阴宗氏家族的庇护，李白这个上门女婿在千里流放的路上才没有十分的悲苦。在往返夜郎的途中，他还写了不少脍炙人口的诗歌。

乾元二年（759）三月，朝廷因干旱大赦，李白才得以从流放途中返回。

四

根据流传下来的诗歌，李白写给宗氏夫人的赠内诗共有八题十一首。分别是：

《别内赴征三首》

《秋浦寄内》

《自代内赠》

《秋浦感主人归燕寄内》

《赠内》

《在浔阳非所寄内》

《南流夜郎寄内》

《送内寻庐山女道士李腾空二首》

在李白以前的婚姻中，他几乎没写过什么赠内诗。但在和宗多君结合的十年中，他却写了又写。纵观盛唐诗人群体中，如此密集地给夫人写诗并不多见。当然这也与封建社会的男尊女卑观念有关。婚姻是两个生命个体的感情碰撞，它需要及时良性的感情交流。

李白为什么要把这么多的诗歌献给宗多君，李白以前已经把很多的诗篇献给山、献给水、献给自然和宇宙、献给诗友和官员。现在，他从以往的叙述习惯中回过身来，把自己的爱情揽入怀中，把诗意这种高尚的冲动献给为他付出精神和物质的女人。

宗多君为李白筑起了一道安全屏障，使诗人在遭受牢狱之灾和流放之苦时有家庭这个精神家园可以依靠。她用真挚的爱滋养着诗人的心灵，使李白的诗歌创作欲望仍如盛年时期一样丰盛充沛。

宗多君的努力没有白费，她把一个身心自由、创造力旺盛的李白完整地交还给了社会。

五

现在让我们根据李白所写《送内寻庐山女道士李腾空二首》来探求李白与宗多君的婚姻结局。该诗其一如下："君寻腾空子，应到碧山家。水舂云母碓，风扫石楠花。若爱幽居好，相邀弄紫霞。"其二写道："多君相门女，学道爱神仙。素手掬青霭，罗衣曳紫烟。一往屏风叠，乘鸾著玉鞭。"

道教发展到唐代，已经比较兴盛。而且它还得到了一些皇室贵胄的响应，比如唐玄宗李隆基的妹妹玉真公主入道修行。因玉真公主字持盈，后世也称其为持盈法师。玉真公主还曾经在皇帝兄长面前大力推荐李白。到了天宝年间，唐玄宗的第七个女儿万安公主也成了道士。

据《庐山志》记载：蔡寻真，侍郎蔡某女也。李腾飞，宰相李林甫女也。幼并超异，生富贵而不染，遂为女冠，同入庐山。蔡居屏风叠之南，李居屏风叠之北……

李白在入永王璘幕府前就与宗氏夫人隐居在庐山屏风叠。他在《赠王判官，时余归隐居庐山屏风叠》一诗中写道："大盗割鸿沟，如风扫秋叶。吾非济代人，且隐屏风叠……"

虽然宗多君最后选择了入道修行，但她是一个合格的妻子。在与李白结合的十年中，她给了身处逆境的丈夫温暖和关爱，给予他精神和物质的双重支持，使我们的诗人在连续不断的挫折中仍然诗如泉涌。我们可以追溯宗多君的心路历程，多年来她一直背负着爷爷宗楚客的不良名声。因此她与家人多年来一直远离长安不问政事。却因与李白的婚姻被卷入她并不愿涉足的权利斗争中。

写到这儿，我们顿时觉得李白的婚姻结局不免有些悲壮。已入老境的诗人为什么甘愿把自己心爱的夫人拱手让给庐山道观的李腾空？让我们从诗歌《送内寻庐山女道士李腾空二首》中寻找答案。李白其实在说：宗多君你这个相门女子，如此地热爱道教崇拜神仙，希望你双手掬起青霭云霞，穿着上天赐予你的紫色罗衣，去往庐山屏风叠，寻找腾空子，与她一起乘着仙鸾前去欢乐的仙境吧。同时，我们不要忘记：求仙访道不仅是李白诗歌创作的一个重要题材，也是他一生孜孜追求的一个目标。

尽管如此，李白对宗多君的离去还是十分悲伤的。他所写的《双燕离》一诗最能代表李白当时的心情。全诗如下：“双燕复双燕，双飞令人羡。玉楼朱阁不独栖，金窗绣户长相见。柏梁失火去，因入吴王宫。吴宫又焚荡，雏尽巢亦空。憔悴一身在，孀雌忆故雄。双飞难再得，伤我寸心中。”

一个是受到朝廷排挤的落魄文人，一个是遭遇重大家庭变故的高官后代。两个孤独的灵魂在无意间相遇了。美好的婚姻生活减轻了中唐乱世给他们带来的生存压力。十年间心与智的净化一直在进行。

真正的爱是无法报答的。李白用他的豁达大度给宗氏夫人皈依道教的自由，正是为了回报宗多君对他的知遇之恩和十年陪伴之情。这不仅是一种道德补偿，也体现了李白对自己晚年的生命自信。

封常清与岑参的边塞诗绝唱

一

封常清（约 708 或 709—755），唐蒲州猗氏人（今属山西省临猗县）。他自幼父母双亡，由外祖父抚养。后来外祖父因获罪被流放到安西，幼小的常清便与之相随到了新疆生活。到安西后，外祖父接令把守胡城南门，爷孙俩便在城楼下安了家。常清的外祖父是一个知识渊博的儒人，虽然遭遇了不幸，但仍然读书不止。常清在外祖父的严格管教下刻苦攻读，积累了广博的知识。

外祖父死后，常清成为无依无靠的孤儿，生活非常贫困，以致年过三十还无正当的职业。其时他向在新疆任都知兵马使的高仙芝自荐，愿做他的副使官，仙芝嫌其细瘦目疵、脚短而跛，两次恳请都没有答应。常清言道：“我慕你高义而来，若以貌取人，恐失子羽之人。”他毫不气馁，守候营门数十日，并多次呈文献策，终于感动了仙芝，任命他为侍从。

开元二十九年（741）末，达奚部落作乱，仙芝率领二千骑兵进击，大获全胜。常清暗中将进军路线、军事部署、战斗经过等情况写了一份报捷书呈于仙芝。仙芝看后，发现完全和自己的意向相和，大惊其才，遂以其所写的捷报献与朝廷。封常清被提拔为叠州城主并任判官。后因军功卓著连授镇将、折冲都尉等职。此后，他成为仙芝手下最得力的一员战将。

天宝六载（747）夏，常清随仙芝破小勃律，西至葱岭，历尽险阻，至十月方回。十二月仙芝代任安西节度使，他向朝廷奏常清为庆王府录事参军，充节度使判官，赐紫金鱼袋。不久又加授朝散大夫，专管四镇仓库、屯田、甲仗、支度、营田诸事。天宝十一载（752）原安西节度使王正见身亡，常清递任为安西副大都护，摄御史中丞，并持节充安西四镇节度、经略、支度、营田副大使，知节度事。封常清以卓著的边功成为大唐王朝最有实力的四镇节度使，后来拥兵自重起兵造反的安禄山也不过是一个三镇节度使。

二

唐朝皇帝都希望扩张大唐帝国的版图。杜甫有诗云："边庭流血成海水，武皇开边意未已。"不断有文人被派往边塞协助将军们去开边，文化人到了边疆免不了要吟诗作赋，边塞诗便从这些诗人们的脚下一跃而起，成为唐诗的另一个艺术张力区。

岑参（717—769），祖籍河南南阳。他出生于官宦世家，他在《感旧赋》中写到："国家六叶，吾门三相矣。"岑参的曾祖父岑文本相唐太宗，伯祖父岑长倩相唐高宗，伯父岑羲在睿宗景云年间也曾三年为相。而岑参的祖父岑景倩武后时为麟台少监、卫州刺史。父亲岑植位终于晋州刺史。

但到了唐玄宗开元元年（713），岑参的伯父岑羲因参加了太平公主谋反而被诛杀。岑氏家族大多数人被流放，岑参一家也未能幸免。且看岑参自己的描写："云雨流离，江山放逐。愁见苍梧之云，泣尽湘潭之竹。或投于黑齿之野，或窜于文身之族。"岑参很不幸。他出生于这个荣耀家族的衰落之际。

虽然家境衰落父亲早逝，但岑参并没有因此沉沦，他始终背负着复兴家族荣耀的意志。岑参从五岁开始在兄长的教导下刻苦攻读，九岁便能写文章。

到了十九岁，岑参便穿梭于长安和洛阳两地，开始了艰难的仕途长征。直至二十九岁那一年他才求得一个名为右内率府兵曹参军的小官。

天宝八载（749）三十二岁的岑参被安西节度使高仙芝表参为右威卫录事参军，他于本年初冬赴新疆任职。这次出塞长达两年，是诗人试图以边功致高位的一次尝试。虽然创作的诗歌不少，但并没有歌颂高仙芝的篇章。此后长达三年，岑参在长安过着半官半隐的生活。

三

直到天宝十三载（754）夏末，岑参应封常清的辟召，远赴庭州（今新疆青木萨尔北）任节度使判官。

他二人曾同在高仙芝帐下效力，本来就认识。而且岑参年幼时因父亲岑植任晋州刺史曾在临汾生活过八年。他与出生在临猗县的常清也算得上半个老乡。二人生性耿直性味相投，常清不仅熟读兵法，而且精通文史，知识广博。在没有战事的时候他俩常一起进餐、一起游玩。虽然二人年龄相差八岁，却成了无话不谈的忘年交。

常清虽然官至四镇节度使，却十分廉洁。出征或巡视用马不过一两匹。他赏罚严明，部下令行禁止，部队军风肃整。他谋划周密，每战必克。岑参在《北庭西郊候封大夫受降回军献上》这首诗中写道：“……喜鹊捧金印，蛟龙盘画旗。如公未四十，富贵能及时……前年斩楼兰，去岁平月支。天子日殊宠，朝廷方见推。”字里行间对以军功致位的封常清充满了欣赏和仰慕。

四

岑参是一个刻苦自励有进取心的诗人。在至德二载（757）六月十二日，杜甫等人在向肃宗皇帝上《为遗补荐岑参状》中说他“识度清远，议论雅正，佳名早立，时辈所仰……”虽然多年仕途坎坷，但岑参眼界开阔，意志坚强。在封常清帐下效力时岑参精力充沛积累深厚，他胸中鼓荡着一种秘而不宣的智力自觉。艺术在为他的全部精力寻找一个缺口。而封常清的赏识无意中触发了他艺术井喷期的开关。西域的山山水水正在垂手而立，祖国边陲授于他表达的权利。他不仅歌颂英勇善战的唐军，还挖掘沉睡在大自然中的秘密。面对西域疆场，岑参唱出一首首热烈而粗犷的颂歌。

文学作品的创作和阅读需要在不同的生命个体中完成。而后者在无形中给前者以推动力。岑参诗歌的第一个读者是一个四镇节度使。甚至在封常清所率领的军队将士中也有一群诗歌爱好者，就像今天的文学沙龙使岑参的诗歌在戍边的大军中传唱。将士们唱着岑参的诗歌英勇出征。这无疑给诗人的诗歌创作带来了压力和动力。

写诗不是一种肤浅的才能，它必须从诗人的内心深处产生一种道德天性的冲动。岑参多年随军戍边，他参与了他所描述的场景。他向没有人敢于问津的方向发展，他善于把西域疆场原本低眉垂睫的美唤醒。

边关的环境是恶劣的，这从岑参的诗歌中可以体会得到，在《走马川奉送封大夫出征》一诗中诗人写道：“轮台九月风夜吼，一川碎石大如斗，随风满地石乱走。”“将军金甲夜不脱，半夜军行戈相拨，风头如刀面如割。”“马毛带雪汗气蒸，五花连钱旋作冰，幕中草檄砚水凝。”在这首诗里，岑参采用了其他诗人很少用的三联句式。他破偶为奇，使边塞诗在豪放壮伟的共性中呈现出奇丽的独特风貌。另外他在构思布局、意象营造乃至字句锤炼上都下足了功夫。

在《献封大夫破播仙凯歌六首》中岑参写道：“昨夜将军连晓战，番军只见马空鞍。”是封常清不分昼夜的英勇作战和将帅知遇激发了岑参的创作热情。而多年的军旅生活和对边塞风物的了解使他为艰苦的戍边征战谱写了一曲曲悲壮的战歌。

从岑参流传下来的诗歌中，我们共发现了六首题献给封常清的作品。它们分别是《北庭西郊候封大夫受降回军献上》《使交河郡郡在火山脚其地苦热无雨雪献封大夫》《轮台歌奉送封大夫出师西征》《走马川奉送封大夫出师西征》《献封大夫破播仙凯歌六首》《奉陪封大夫宴》，这几首诗几乎囊括了岑参边塞诗的精华。

在唐天宝十四载（755）三十八岁的岑参迎来了他创作上的黄金时期。而李白在那一年已经五十五岁，被唐玄宗赐金放归已有十年。而随着安史之乱的爆发，盛唐诗歌已开始在走下坡路。因此历代诗评家一致认为岑参是盛唐时期最后一位浪漫主义诗人。

南宋大诗人陆游在《跋岑嘉州诗集》中写道：“予自少时，绝好岑嘉州诗……尝以为太白、子美之后，一人而已”。他认为在盛唐诗人中除了李白、杜甫外，岑参应排名第三。

虽然历代评价唐代边塞诗人以高适、岑参并列。但清人施补华在《观傭说诗》中说：“高达夫七古骨整气道，已变初唐之靡。特奇逸不如李，雄劲不如岑。”他又说：“岑嘉州七古，劲骨奇翼，如霜天一鹗，故施之边塞最宜。”诗人正是在边塞找到了能充分抒展自己想象翅翼的空间，而壮美瑰丽的边塞风光也通过诗人精彩的描绘进入人的审美世界。阅读岑参的诗，你会感到一种生命力舒张的快感。

五

封常清后来入朝为御史大夫。因为军功显赫，朝廷不仅授予他一个儿子五品的官职，还在长安城内赏赐宅第一座，连他在幼年时便亡故的父母亦被赠予封号。常清的荣耀达到了顶峰。

天宝十四载（755）十一月，常清于华清宫晋见唐玄宗。当时安禄山已经从范阳起兵南下，且来势汹汹。老皇帝一方面对安禄山的负义气愤不已，一方面对叛军的快速推进忧心忡忡。而一心想报效朝廷的常清当时对叛军的实力估计不足。他向玄宗自报奋勇请缨平叛，常清说："臣请走马赴东京，开府库，募骁勇，挑马箠渡河，计日取逆胡之首悬于阙下"。玄宗闻言大喜，于次日任命他为范阳、平卢节度使并立刻东赴平叛。

常清到洛阳后，在十天内招募到六万人，皆为佣保市井之流，还没有来得及训练，安禄山的叛军已经自灵昌郡渡过黄河。叛军很快攻破陈留且杀害太守张介然（亦为临猗人），又杀害降兵万人。十二月七日常清的军队在葵园与敌军接战并杀敌百余人。怎奈叛军士气正昂，常清无奈败退。十一日，常清兵败于泥水。十二日，常清退至上东门又战不利。叛军从四门涌入，杀人掠吏。十三日东京洛阳失守。常清下令沿路砍伐树木为路障，才率所余残部退至谷水稍作休整。此后又西退陕郡（今三门峡市），与高仙芝的军队汇合。常清对仙芝道："累日血战，贼锋不可挡……宜弃此守急保潼关。"因害怕叛军追赶，常清与仙芝所率部队如惊弓之鸟沿黄河西撤。一路上人马互相践踏死者甚众。二人退至潼关连夜布防，至此，潼关始可暂保。

那时唐玄宗派遣心腹宦官边令诚在仙芝营中为监军。边令诚常常干预仙芝的决策，仙芝大多不从，多年来积怨甚深。及至退守潼关，边令诚认为报复二人的时机已经成熟，便入京奏事。他向玄宗诬告说："常清以贼摇众，而仙芝弃陕地数百里，又盗减军士粮赐。"玄宗闻言大怒，即遣边令诚持敕诛杀二人。常清受刑前曾写有待罪表。其中写道："臣自城陷以来，前后三次遣使奉表。具述赤心，竟不蒙引对……臣所将之兵，皆是乌合之众素未训习。率周南市人之众，挡渔阳突骑之师，尚犹杀敌塞路，血流满野………臣死之后，望陛下不轻此贼……仰天饮鸩，向日封章，即为尸谏之臣，死作圣朝之鬼。若使殁而有知，必结草军前，回风阵上，引王师之旗鼓，平寇贼之戈铤。"写的甚是得情真意切，只可惜唐玄宗当时正忙于筹划与杨贵妃等人逃亡四川，哪有时间看他写的血泪文字。

常清被处死，陈尸于芦席之上。仙芝归营后，边令诚率百余刀斧手将其团团围住，即宣敕命，将士们在帐外大呼其冤，其声振地。仙芝望着芦席上的常清尸体说道："常清，你从微贱至显著，皆我所为。今日同死，岂非命中注定。"遂就斩。唐玄宗不顾大敌当前，一日内连斩两员功勋卓著的大将，使得前线将士军心涣散，这无疑帮了安禄山一个大忙。此后，独守潼关的哥舒翰无力回天，潼关失守，叛军直捣长安。玄宗不得已逃往四川。

六

封常清死后两年，岑参也由北庭奔赴凤翔。当时太子李亨在凤翔即位，是为肃宗。他被授官为右补阙。此后岑参仍不断创作新的诗歌，但对西域边陲的歌唱却嘎然而止。

在诗歌创作上岑参虽然高歌猛进，但仕途的进展却缓慢艰难。

中国历史上虽然很长时间有以诗文取士的传统，但真正达到高位的大文化人所占的比例并不高。因为文人们并不能将文学才华平移到官场，这与仕途的生态、文人们的性格情商有关。在唐代就连才高八斗的李白、杜甫也不能如愿以偿，更别说生性耿直一直小心谨慎的岑参了。

到了晚年，岑参已经平静地接受了自己的命运。他在《初至西虢官舍南池呈左右省及南宫诸故人》这首诗中写道："……早年迷进退，晚节悟行藏，他日能相访，嵩南旧草堂。"诗中即显现了诗人倦怠宦途的无奈，也有对生命无常的洞知，大历四年（769），岑参在成都客舍所写《客舍悲秋有怀两省旧游呈幕中诸公》这首诗中说："三度为郎变白头，一从出守五经秋。莫言圣主长不用，其那苍生应未休"。最后十年，岑参不仅在长安为官，还曾被外放到河南虢州、四川剑南等地做过一些小官吏。直到大历三年四月，五十一岁的岑参被任命为嘉州刺史。两年后，诗人卒于成都客舍。

野生的远志草

偶翻《本草纲目》图谱，我发现原来故乡许多不起眼的野生植物竟然是药材。而乡亲们约定俗成的草名也对不上号。比如小时候常常挖来当菜吃的小蒜学名叫薤白，果实上长满刺的老鼠怕叫曼陀罗。还有：猪耳朵草其实就是野生的地黄，俗称为老婆针的学名叫鬼针草……幸好远志草的名字仍然叫远志。

远志的主要功效是安神益智。前人沈则施在《本草汇言》中记载：远志同人参、茯苓、白术能补心；同黄芩、甘草、白术能补脾；同地黄、枸杞、山药能补肾；同白术、当归、川穹能补肝；同人参、麦冬、沙参能补肺。

然而在我小时候的印象中，远志不过是一种能带来经济效益的野生植物而已。

一

远志草的地面部分很不起眼，它纤细的枝条上长着细长的叶片。它们或在坡地上默默守望，或在沟边平地上与其他植物互相拥挤在一起。弱小的远志草不会被土地偏袒，它需要与高大的邻居们争夺阳光，水分和腐植质。服从环境是植物的最高原则，它十分珍惜脚下的一小块土地，力所能及地在这个狭小的空间里舒枝展叶。远志草单叶互生，它几乎没有叶柄，狭长的叶片直接长在丛生的枝条上。它的花期在五至六月，花萼有五片，花朵呈淡紫色。中央花瓣呈龙骨状，顶端有流苏状的附着物。远志的花朵虽然娇小，但也常常有小野蜂围着它嗡嗡歌唱。细枝瘦叶下也会有蠕虫在爬动，它的上空也会传来鸟雀的啼鸣。夏天，瓢虫们偶然也会爬上它的枝条；秋天，菟丝子也会在它的枝条上牵藤扯蔓。在雨水充沛的年份，疯长的蒿草会遮蔽它弱小的身影。然而这一切，都阻挡不了这个弱冠少年茁壮的成长。

在故乡的远志草种籽成熟期在七至八月。它的种子呈圆形的扁平状，它中间厚边缘薄，有点像榆钱，却要比榆钱小很多。成熟后颜色由淡绿变为乳白。随着秋风的摇荡，这些白色的小铃铛便离开枝条四处游荡。

二

公平地对待每一种植物是土地的基本道德。远志草既要接受北方严寒和干旱的考验，又要与高大的邻居们争夺共有的生存资源。但它们却不要人类耕耘、施肥和浇灌。

每一种生物的形态里都有一种看不见的力量。远志草也不例外，它的地面部分虽不显眼，但它的地下有一条强壮的根。大多数野草的根是圆锥形的，且一般较短。而远志草却有一条长长的圆柱形根，这在干旱的北方很重要，因为根越往下竞争者越少。更何况它是一种多年生植物，它的地面部分也像其他野草一样一岁一枯荣，但强壮的根却不停地向下生长。

生长年份浅的野生远志根长一般在 20–30 厘米，而多年生的老远志根长可达50厘米以上，粗细犹如成人的小拇指一般。根的颜色开始是白色，多年后变成浅棕色，而老远志的根呈深棕色。根呈圆柱体有横皱，纹理深陷，整体呈坚硬的结节状。这样结实的根，在野草中很少见。

三

中药材的发现和应用是一个漫长的过程，经过数千年的去芜存菁，才有了今天如此丰饶的成果。

我的故乡不仅盛产粮棉，在村子周围的荒沟野坡上还生长着不少的药用植物。除远志外，还有防风、枸杞、地黄、蒲公英、马齿苋、薤白、曼陀罗以及酸枣等不下几十种。

上世纪五六十年代，村民们采集野生药材的品种主要有三种：远志、防风、地骨皮。这也是五公里外镇上土产站当时大量收购的几个主要品种。在这三种药材中，防风只需切去草冠，把它的根部晒干即可出售。地骨皮则需将枸杞草的根部敲开取出木芯，然后将其厚厚的外皮晒干。而远志的工序最多，刚采挖回的远志草需放在各自家里阴干，几天后才能分节抽离远志根部厚厚的外皮。土产站只收购干燥的远志甬，即现在所谓的饮片成品。

四

每年的惊蛰，春分，清明这三个节气是采挖远志的最好时机。在那时，植物还未萌芽，它的能量正在根中积聚。这时采挖的远志药效最好。而供销社的土产站也在此时大量收购。

只有在严冬至早春这段时间里远志草才能透一口气。因为在那时其他野草的枝叶已被严冬肃杀，它们全都枝叶枯萎匍匐在地面上。只有野生的远志草那丛生的白色枝条依然挺立。它虽然矮小，但只要你仔细辨认，就能发现它。

故乡的男孩在十多岁后便会利用节假日结伴去采挖远志，以帮助家里增加收入。其实这也是一项需要掌握技术的劳动。因为要尽量刨出远志长长的根。它如果生长在荒沟野坡上，会减少采挖的难度，刨出的根也比较长。但如果长在沟边的平地上，人们就要多费力气并讲究技术。多年生长的老远志是每一个采药者的追求。但它们大多长在人迹罕至的悬崖峭壁上，只有奋力攀登，才能收获满满。每次采挖结束，在回家的路上人们都会比一比，看谁收获的老远志多。

多年后，我再也没有采挖过药材，但多年来我却一直在怀念着野生的远志草。

消失的田鼠

一

田鼠在我的故乡被称为禾鼠。它与北方的旱作农业已经伴生了数千年。但是在上世纪八十年代，故乡的农业生产实现了水利化，田鼠们似乎在一夜之间全部消失了。

故乡田鼠皮毛的颜色与黄土地的颜色接近，它呈现的是一种棕黄色。它的头部形状与松鼠相像，并没有家鼠那样的尖嘴猴腮。它的腿与尾巴较短，且尾巴后部呈扁平状。看起来憨态可掬，十分可爱。

田鼠的食物是植物的叶和茎。它们会把农民未成熟的庄稼当作野草一样食用，这种啃噬会影响农作物，造成减产。但它们对成熟的籽粒、变硬的粮食并不构成威胁。因为故乡的田鼠在冬天有蛰居的习惯，它们也没有必要像松鼠那样疯狂地储备食物。需要储备粮食的是另一种被农民称为地老鼠的鼠类。

田鼠们会把洞挖在田野里地势较高的地方，挖洞时它们以后退的方式用屁股把挖出来的土推出洞外，并利用这些土在洞的周围形成一个圆形的小堤坝，以防下雨时雨水流入洞内。洞长一般在一米以上，连接着它们的居室——一个深藏在地下的窝。其实，它只是一个椭圆形的巢穴，一般只能够容纳一只田鼠在里面休息和转身。只有怀孕的田鼠才会将巢穴挖得较大。

每年的霜降之后，植物逐渐枯萎，田鼠们没有了食物的来源。它们回到地下温暖的巢穴中，开始长达四个多月的休眠。在蛰居前，它们会用土堵住巢穴的出口。在故乡四季分明的环境中，田鼠是会蛰居的哺乳动物之一。

二

在传统的二十四个节气中，惊蛰这个节气似乎是专为冬季蛰居的动物们设置的一个节气。因为惊蛰一过，春暖花开百草复萌，田鼠们纷纷从睡眠中苏醒，它们走出洞穴，重新在太阳底下相聚，开始在田野上追逐嬉闹。

你别看田鼠的腿很短，奔跑的速度却很快。我在少年时期，曾多次追逐过田鼠，但几乎没有一次成功。记得有一次我在一只田鼠的后面追赶，正当我感觉到胜利在望时，它却毫无征兆地钻进一个鼠洞中。如果是体育竞技，这无疑是一个明显的犯规行为。但跑得气喘吁吁的我只能望着鼠洞发呆。

田鼠是太阳崇拜的一族，它们喜欢温暖和阳光。尤其在每年的初夏时节，植物的花期已过，你听不见蜜蜂和野蜂们的嗡嗡歌唱。而此时，蝉儿们才准备从地下往出钻，田鼠们似乎不甘心这声音上的空白，它们在这炎热干燥的黄土高原上放声鸣唱，这歌声曾无数次愉悦过我童年的耳膜。

在烈日炎炎的盛夏中午，农人们大多在家休息用饭。而这时正是田鼠们聚集狂欢的大好时光。它们全部在洞外活动，它们的叫声短促而响亮，有点像交响音乐会上的打击乐。它们歌唱阳光，感恩土地，为四周静默倾听的各种植物献上一曲又一曲的鸣唱。这时候你还会发现有不少田鼠竟然像人类一样直立起来，它们用一只前腿搭在耳朵上方，好像在向正午的太阳致敬。

三

田鼠的天敌较多，上有天上飞的猫头鹰、苍鹰等猛禽，下有地下跑的狼狐獾等野兽，还有人类养的犬与猫，更有善于钻洞的蛇。但田鼠这个处于食物链最低端的小哺乳动物却年复一年地顽强生存着。它们曾经是北方旱作农业区数量最庞大，分布最广泛的物种之一。

田鼠们在无意中冒犯了人类。它们把人类种植的农作物当做青草食用，它们似乎认为但凡太阳底下生长出来的植物全是公共物品，肆无忌惮地就近享用。

农人们消除鼠害的方法也很多。有的人一边掩盖住田鼠的洞口，一边用铁锨追赶拍打。还有人发明了各种夹具，巧妙地设置在田鼠的洞口，使它们一出家门便束手就擒。

用水灌田鼠是一个比较有效的方法，此法却要求要有一定的胆量和技术。一是在灌水前必须在鼠洞口修成一个能容纳一定水量的小坑；二是必须在田鼠刚露出水面时立即用手从后脑勺抓住它的头。由于当时故乡属于旱作农业区，水资源较匮乏，因此这个方法只适宜在大雨过后实施。

不过田鼠们顽强地与生存环境抗争，它们数量庞大，繁殖力旺盛，始终没有放弃赖以生存的土地。

四

田鼠们早于人类来到这片土地。当第一批垦荒者出现时，它们并没有把人类当做入侵者，它们希望与人类共享这片土地。

大自然的呈现确实是独来独往。但它并不是毫无规律可循的。水利化后农业生产不再依赖雨水，每一季的农作物都可以三番五次地开启灌溉系统。

但水利化却给田鼠们带来了灭顶之灾。这个与传统的旱作农业伴生了数千年的物种似乎在一夜之间全部消失了。我曾多次为田鼠们的去向担忧：它们究竟去了哪里？是大西北海拔较高的旱作农业区，还是连绵不绝的深山老林？田鼠们是不是也会像披毛犀或渡渡鸟一样面临灭绝的危险？

不过，我偶然还会在《动物世界》或者《人与自然》之类的电视节目上看到它们的身影。我相信这些曾经愉悦过我寂寞少年时光的小生灵仍然在太阳底下奔跑、歌唱。

唐诗中的鹳雀楼

登高望远是人类自诞生以来就有的一种精神诉求。数千年来，中华大地上出现了很多以木、石、砖、土为建筑材料的楼塔建筑，位于山西省永济市境内的鹳雀楼便是其中之一。

最早的鹳雀楼是以石头为底座的木质三层结构建筑。它虽建于北周时期，但有史料记载的文人登临吟咏却始于唐朝。现在，我把唐朝诗人吟咏鹳雀楼的几首诗歌介绍如下。

我们先从晚唐诗人吴融的七律《登鹳雀楼》说起。该诗写道：

鸟在林梢脚底看，夕阳无际戍烟残，
冻开河水奔浑急，雪洗条山错落寒。
始为一名抛故国，近因多难怕长安，
祖鞭掉折徒为尔，赢得云溪负钓竿。

清朝人管世铭在《读雪山房唐诗抄》中说：“唐末七律。韩致尧为第一，次即吴融，亦推高唱。”但是吴融的这首《登鹳雀楼》的确远离了盛唐气象。该诗前半部分写诗人登楼所看到的自然景观。第一句是写实，说的是楼高及所看到的夕阳和戍烟。第二句应该就是这首诗的精华了。虽仍为写景，却给人一种别开生面的感觉。但诗的后半部分落入了古代文人思念家乡、感叹官场险恶及渴望归隐、羡慕渔樵的老套。当然，仅凭这一首诗就否定吴融的七律写作位列晚唐第二，是有些武断的。

接着我们来看另一位晚唐诗人安徽贵池人张乔眼中的鹳雀楼。诗名为《题河中鹳雀楼》，也是一首七律：

高楼怀古动悲歌，鹳雀今无野燕过，
树隔五陵秋色早，水连三晋夕阳多。
渔人遗火成寒烧，牧笛吹风起夜波，
十载重来值摇落，天涯归计欲如何。

这首诗确比上一首好。该诗立意别致，语句流畅，情景交融，一气呵成。还有一点，该诗完全符合晚唐社会的政治经济氛围，有一种微微的悲怆之感。

下面我们来看永济人耿沣的五律《登鹳雀楼》：

久客心常醉，高楼日渐低，
黄河经海内，华岳镇关西。
去远千帆小，来迟独鸟迷，
终年不得意，空觉负东溪。

"久客心常醉"同样是思乡，却抒发得很别致。"高楼日渐低"不是楼低了，而是由于诗人四处奔走眼界高了。"黄河经海内，华岳镇关西"，华山并不是长安的门户，而只是古蒲州镇守西关的一座山峰。无形中突出了蒲州作为盛唐中都的厚重气象。"去远千帆小，来迟独鸟迷"突出了在楼下看不到的风景，反衬出楼的高度。最后一句同样是说官场失意，却写得别有情趣。到底是本地人，对鹳雀楼的认识确有独到之处。难怪元朝人辛文房在《唐才子传》中评价耿沣时说："诗才俊爽，意思不群。似沣等辈，不可多得。"

留下五律《登河中鹳雀楼》这首诗的司马扎，同样是晚唐诗人。全诗如下：

楼中见千里，楼影入通津，

烟树遥分陕，山河曲向秦。
兴亡留白日，今古共红尘，
鹳雀飞何处，城隅草自春。

这首诗中间两句尚有可取之处，对仗工整，立意古朴，读起来确有情趣，而首尾两句意象一般。

再下来，我们走近以边塞诗著称的中唐诗人李益。李益的七绝成就最高，举其《回军行》为例：“关城榆叶早疏黄，日暮沙云古战场。表请回军掩尘骨，莫教士卒哭龙荒。”得胜已离开战场的将士上表元帅请求回师，只因有战死沙场的士卒的尸骨未曾掩埋。不由得使人联想到战事虽然惨烈，感情却弥足珍贵。难怪胡应麟称：“七言绝，开元以下，便当李益为第一。”而李益的《同崔邠登鹳雀楼》却是一首七律：

鹳雀楼西百尺樯，汀洲云树共茫茫，
汉家箫鼓空流水，魏国山河半夕阳。
事去千年犹恨速，愁来一日即为长，
风烟并起思归望，远目非春亦自伤。

此诗最令人称道的是第二句。虽为咏史却抒发自然，情理交融，使人回味无穷。其余三联皆意象平平。

下一首诗的作者畅当是河东人，他有一首诗名为《蒲中道中二首》。其一写道：“苍苍中条山，厥形极奇魄。我欲涉其崖，濯足黄河水。”这首绝句被清代诗评家潘德舆在《养一斋诗话》中誉为“极超拔”。畅当的《登鹳雀楼》和王之涣一样，也是一首五言绝句：

迥临飞鸟上，高出世尘间。
天势围平野，河流入断山。

诗的前联使人只感到楼的高度，后一句较有力，突出了被中条山所阻隔的运城盆地的地理特征，并使人联想到黄河在华山和中条山之间、汹涌夺路而出的壮丽景观。但全诗止于写景，因而挖掘不深。

还有江南嘉兴才子殷尧藩所写的《和赵相公登鹳雀楼》，也是一首七律：

危楼高架泬寥天，上相闲登立彩旃，
树色到京三百里，河流归汉几千年。
晴峰耸日当周道，秋谷垂花满舜田，
云路何人见高志，最看西面赤阑前。

明朝人胡震亨在《唐音癸签》一书中评论说："殷尧藩诗有葩艳，微嫌肉丰。《鹳雀楼》一律，独茂硕而婉，不愧初唐遗则。"不仅如此，全诗一气呵成，没有斧凿痕迹，尤其中间两联，对仗工整细致，语言锤炼精辟，具盛唐气象。

而王之涣的《登鹳雀楼》一诗实在是出众，可谓唐诗王冠上的一颗明珠、中华古典文学作品中的经典，而且完全具备现代诗歌的审美特征。该诗所蕴涵的思辨色彩和哲学高度是前面所介绍的几首诗歌所无法企及的。

白日依山尽，黄河入海流。
欲穷千里目，更上一层楼。

"白日依山尽"是一日之终。表面上黑夜将至，实际上昼夜交替无穷。"黄河入海流"喻万古之长，虽然流水不返，但后浪推前浪永不停息。白日坠于西天，黄水奔向东海，作者为我们营造了一个多么浩渺壮阔的宇宙空间。这一联诗既有时间上的轮回，又有空间上的穿越。该诗让我们感受到太阳虽然下山了，但明天还会升起来，昼夜交替不仅是自然的规律，而且是对人类时光易逝的警示。而黄河入海虽然永不回头，但"子在川上曰，逝者如斯夫"，后面的河水还会源源不断涌来。一个表示时间的更替如白驹过隙，一个惊叹空间的跨越绚烂壮观。在这里，暂时与永恒、交替与创新、地理上的东与西、空间上的日月与星辰，一同涌向诗人心头。人本来是宇宙中的一个元素，但这个有智慧的生物自诞生以来就渴望探求人生的真谛和宇宙的奥妙。

后两句诗更是大开大合。“欲穷千里目”是人生积极向上的欲望，“更上一层楼”则是追求极致的运动。这两句既平行又连贯，既有因又有果。读到此，我们对楼上的景色充满憧憬，但作者戛然而止，留下了让我们回味无穷的境界。

好的诗歌，原本是由虚开向实的一扇门。很显然，诗歌的内容不必是写实的。现实只是素材，经过诗人的艺术再造才能成为精品。好诗，只能意会而不能言传，正如王维在诗中写道：“行到水穷处，坐看云起时。”事实上人的双眼是看不尽千里之遥的，而且当时鹳雀楼只有三层，也许王之涣当时已登上三层。

祖籍山西省新绛县的王之涣出生于公元688年。比李白大13岁，比杜甫大24岁。他逝世于公元742年，那年李白41岁，已写了不少好诗。杜甫那年也已30岁，刚结束十年之久的南北之游。应该说当时盛唐诗歌的接力火炬已高高举起。

在全唐诗中仅存诗6首的王之涣以写边塞诗见长。现存最有名的便是《凉州词二首》之一的“黄河远上白云间，一片孤城万仞山。羌笛何须怨杨柳，春风不度玉门关”。清代诗评家管世铭在《读雪山房诗话序列》中说此诗是“神来之作，即作者亦不能再有”。值得庆幸的是，这位边塞诗人还为我们留下了这么壮丽的一首登临诗，让我们充分领略了登高望远的极致境界。

李白游太原

唐代大诗人李白，曾经两次到过太原。

第一次是在开元二十三年（735）。当时35岁的李白在洛阳游历时遇到了一个名叫元演的人。当时元演的父亲在太原做府尹，他要北上探亲。元演热情相邀李白同行，李白盛情难却，便欣然接受了邀请。

元演后来当上了参军，李白在多年以后写下了著名的《忆旧游寄谯郡元参军》一诗。这首诗长达400多字，记述了元演与李白不同时期的四次游历。其中记述二人同游太原的情形时李白写道："君家严君勇貔虎，作尹并州遏戎虏。五月相呼渡太行，摧轮不道羊肠苦。行来北凉岁月深，感君重义轻黄金。琼杯绮食青玉案，使我醉饱无归心。时时出向城西曲，晋祠流水如碧玉。浮舟弄水箫鼓鸣，微波龙鳞莎草绿……"他俩在五月份翻越太行山来到太原，元家父子对李白十分热情，不但用"琼杯绮食青玉案"招待他，还陪同他多次游玩晋祠等名山胜水，使得李白在太原停留达十个月之久。诗歌中真情的描写使我们感到：李白对太原的游历印象深刻，经历多年后仍然历历在目念念不忘。这种至交朋友之间的友谊实在令人感动。

停留的时间虽然不短，但李白在太原流传下来的作品仅有三篇。其中有一篇长达400多字的序文，题名为《秋日于太原南栅饯阳曲

太原早秋

王赞公贾少公石艾尹少公应举赴上都序》。序文第一段写道："天王三京，北都居一。其风俗远，盖陶唐氏之人欤？襟四塞之要冲，控五原之都邑。雄藩剧镇，非贤莫居……"唐玄宗在开元十一年（723）把太原定为北都。本段简要介绍了太原的历史渊源和地理上的重要性。该序文的其它四段虽是为太原地区的三个人赴上都应举饯行的内容，但全篇文辞华丽、结构紧凑、一气呵成，是一篇不可多得的好文章。李白此外还写有一首著名的《太原早秋》，全诗如下："岁落众芳歇，时当大火流。霜威出塞早，云色渡河秋。梦绕边城月，心飞故国楼。思归若汾水，无日不悠悠。"诗中既歌颂了太原早秋的美景，也表达了他思归的心情。

此外，李白在太原还写有一首题为《赠郭季鹰》的诗，诗中写道："河东郭有道，于世若浮云。盛德无我位，清光独映君。耻将鸡并食，长与凤为群。一击九千仞，相期凌紫氛。"全诗赞颂了东汉时期介休名人郭泰的高风亮节。诗题中的郭季鹰有可能是郭泰的后代。

到了开元二十四年（736）春天，李白又从太原北上游历了雁门关。北游归并后不久，便踏上了南归的旅程。在中途经过洛阳时李白又受到至交好友元丹丘的邀请，到元丹丘的嵩山颍阳山居作客，在那里又遇到一个名叫岑勋的朋友。他们三人饮酒交谈相伴多日。著名的诗歌《将进酒》就是李白在那里写成的。该首诗中写道："……岑夫子，丹丘生，将进酒，杯莫停。与君歌一曲，请君为我倾耳听……"诗中的岑夫子即岑勋，丹丘生就是元丹丘。

李白第二次到太原只是路过，并没有停留的记载。但他离开太原的路线却颇值得探讨。我查阅了三本书：詹瑛所编著的《李白诗文年系》，安旗、薛天纬所编著的《李白年谱》，日本人筧久美子所编著的《李白年谱》。以上三本书均记载：天宝十三载（753）春天，李白向北游历了河北省的幽州及魏州以后进入山西，路过太原，然后沿着汾水南下，入潼关，再登临西岳华山。

现在摆在我们面前的问题是：当年已经五十三岁的李白不可能从太原步行到潼关，而且如果走的是陆路他也不可能沿着着弯弯曲曲的汾河岸边行走。所以李白走的应是水路，他是乘船离开太原的。其实，汾河的水量并不是一直像今天这个样子的，据史书记载在西汉时期汾河里可以航行皇帝的龙舟，即便是到了唐朝，汾河里的水量也还是十分充沛的，一般船只的航行是没有问题的。在当时对于普通人来讲陆路上的交通只有马匹和牛车可供驱使，其路途上的艰难、缓慢可想而知。落后的交通设施迫使人们把目光投向了水路，因此在唐朝时期，太原的一般官员和商人无论是南下绛、蒲诸州，还是前往都城长安，坐船沿汾河南下都是比较好的选择。

李白由太原乘船沿着汾河南下，穿过山西南部的沿河州县，由现在的万荣县荣河镇汾河入黄处进入黄河航道，他乘坐的船只又顺流南下直抵潼关。在潼关上岸后，又登临游览了西岳华山……

由于年代久远，李白在太原游历的痕迹，早已湮没在历史长河之中，但他留下的瑰丽篇章和多彩故事，却成了一代又一代太原人心中永不磨灭的佳话。

裴旻剑舞

唐朝的文宗皇帝李昂在开成五年（840）下诏，把“李白诗歌、张旭草书、裴旻剑舞”钦定为大唐王朝的三绝。

山西省闻喜县裴柏村的裴氏家族，是中国有名的河东望族。裴氏人物兴于汉魏，盛于隋唐，在二十四史中有传记的裴氏名人就有二百余人。在盛唐时期担任左金吾大将军的裴旻便是裴氏一门所出现的59位大将军之一。

裴旻的同代人乔谭所写的《裴将军舞剑赋》中记载:“开元秋七月，裴公献捷京师，上御花萼楼大置酒。酒酣，诏将军舞剑，为天下壮观……翕然鹰扬，翼尔龙骧，锋随指顾，锷应徊翔……若涌云涛，如飞雪山。万夫为之雨汗，八佾为之惭颜……”

裴旻的母亲逝世后，他诺以重金，求当时最有名的画师吴道子为其母描摹画像。吴道子久慕将军的剑舞，他拒绝裴旻许给他的高额画资只要求将军舞剑一回，以助笔意。将军白衣素缟，未去孝服，当下为之舞剑一曲，舞未毕而吴道子的画已成，遂为千古佳话。

剑舞在唐朝已经十分兴盛。大诗人杜甫在一首诗歌《观公孙大娘弟子舞剑器行》的序言中写道：“昔吴人张旭，善草书帖。数尝于邺县见公孙大娘舞西河剑器，自此草书长进，豪荡感激，即公孙可知矣。”而张旭自己也曾言道：“始吾见公主担夫争路，而得笔法之意。后见公孙氏舞剑器，而得其神。”

其实艺术是相通的，就连诗人们写诗也会受到剑舞的启发。且看杜甫对于公孙大娘剑舞的描写：“昔有佳人公孙氏，一舞剑器动四方。观者如山色沮丧，天地为之久低昂。耀如羿射九日落，娇如群帝骖龙翔。来如雷霆收震怒，罢如江海凝清光……”

而裴旻更是令人惊奇，他不但会表演剑舞，而且还会把它运用到实战中。据《新唐书》记载:“旻尝与幽州都督孙佺北伐,为奚所围,旻舞刀立马上，矢四集皆迎刀而断，奚大惊引去。”裴旻手持一把宝剑在马上挥舞，不仅挡住了从四面八方射来的剑矢，而且吓退了已经形成包围圈的敌人。

诗人王维也写有《赠裴旻将军》一诗，诗中写到：“腰间宝剑七星文，臂上雕弓百战勋。听说云中擒黠虏，始知天上有将军。”由这首诗我们可以得知裴旻不仅剑舞娴熟，而且还擅长弓箭。据翰林学士李翰记载：“……玄宗命将军守北平州，且充龙华军使，以北捍蓟北之门……而北平连山广野，地实多虎，择肉于人……而公驰单骑，彀白羽……左射右拂，萦三叠四，中皆没羽，倒必应弦，毛纷血洒，腋洞必穿……虽有矫牙冠群，亦垂头榻尾，应镝而毙，如此者几三十有一矣。”唐朝时北平的老虎真多，平民百姓不堪其扰。为了给老百姓除害，裴旻独自一人进山。他拉弓放箭，一日之内竟然获虎三十一只。大唐王朝正是因为有像裴旻这样的戍边大将，才有了开元、天宝这样的太平盛世，老百姓才安居乐业。

地震，你不要骄傲

唐山大地震和汶川大地震，共有三十万以上的躯体变成了灵魂。三十二年间便有这样的结果使得地震先生不免有点得意忘形沾沾自喜。它为它的威力而骄傲。

自然灾害有好多种，如水灾、火灾、旱灾等。有些自然灾害人们通过努力可以将损失减少到最低限度。而地震则不然，小震尚问题不大，一旦大震，人员的伤亡和财产的损害便比较惨重。更何况地震先生还善于使用偷袭手段，它会在你深夜熟睡时，悄无声息地突然降临。

这是一种可怕的平等，劫难降临时，无论你是人面桃花的少女，还是身强体健的壮汉；无论你是发白齿松的老者，还是呀呀学语的孩童。不分贫富，不论善恶，一旦被抓住，你就逃脱不了地震的锋牙利齿。

进化史告诉我们：地球上任何生物终究都会死亡，而且正常的个体消亡会使群体更加强壮。但地震所造成的死亡并不是生物进化中的优胜劣汰，它不会给你提供瓜熟蒂落、寿终正寝的机会。

但人类毕竟是地球上最有智慧的生物。面对地震的肆虐，我们不会束手无策，坐以待毙。人类与地震的抗争已延续了数千年。

建国以来，我国的一些史学和地震工作者，翻阅了八千多种历史文献，从中找出从公元前 1177 年到公元 1955 年的一万五千多次的地震记录。这些记录通过整理分析，已为我国在地震预测预报和国民经济建设的合理布局提供了重要的科学依据。

早在一千八百多年前——东汉阳嘉元年（132）我国历史上著名的科学家张衡便发明了地球上第一台地震仪。

在党和政府的正确指导下，在我国经济基础和科技创新能力空前提高的情况下，这次汶川大地震，可以说已将损失降到了最低限度。

比如：即使道路不通，仍可以将挖掘机和其他物资空运空投到任何需要的地方，这是在我国历史上抗震斗争中，空军发挥威力最多的一次。

还有，帐蓬、医药等救灾物资大规模、快速度的调运分发，也第一次调动了全国乃至全世界的力量，为抢救生命，抗震救灾提供了充分保证。

不论是板块碰撞，还是能量释放，地震还会不断发生。抗震防震将是一个长久的使命，人类一定会努力把它做好。

跨越千年的温暖

一

上世纪五十年代初，曾广泛流传着一句谚语：四十亩地一头牛，老婆孩子热炕头。热炕头就是家中至少有一盘土炕。炕在中国北方已经有上千年的历史，它是人类社会长期用火经验的结晶，也是人们与寒冷抗争的有力武器。

我至今仍对小时候乡村的寒冷记忆犹新：黄河上的冰结得很厚，牲口拉着挂了铁瓦的木轮大车可以无所顾忌地往对岸赶。农人们想利用冬闲平整土地，但土地硬是封冻了一尺多厚，人们无法下手。麦秸堆上的冰柱和沟谷背阴的积雪可以经月不化。偏偏那时节农村又很贫困，人们过冬时身上穿的无非是一身旧棉衣和一双布鞋，没有衬衣，没有袜子。手冷了还可以插入袖筒，脚冷了只能用跑步跺脚来防止冻坏。加之那时候粮食困难吃不饱肚子，人的御寒能力也差。白天在晴天还可以晒晒太阳，晚上怎么办？

不要怕，每户人家至少有一盘温暖的土炕。

土炕最大的优点是建造和使用的成本十分低廉，这在物资匮乏的农耕社会十分重要。最早的土炕并不需要砖石，它是用土坯和泥板做成的。而使它发热并保持温暖的又是些什么东西呢？农作物的秸秆、植物种子的包衣、荒滩野沟上的干草、木匠做活剩下的刨花木屑，甚至于牛粪……使土炕发热的全都是人们弃之不用的边角废料。

放学归来，学子们听到母亲的第一句话就是：快到炕上暖暖吧。干活归来的男人也会听到同一句话。你脱掉鞋子，先把双脚塞进温暖的被窝，紧接着又将双手也塞到双腿下面。先是你冷得冰凉的四肢逐渐温热，随后你全身便感到了绵绵不绝的暖意。

在风雪交加的驿道上长途跋涉的旅人，他心中最奢望的归宿也就是一盘温暖的土炕。

二

构筑土炕用的土坯制作起来比较简单。备好一堆湿土后，在地上镶嵌几页青砖作为平台，把木制的土坯模型放在上面，在模型上撒上草木灰，把湿土填饱，接着用平底石杵在上边打压，最后用脚踩实四角，一页土坯就可以上架晾晒了。当时一个身体强健、技术熟练的青壮年男子，一天可以制造土坯五百至一千页不等。那时土坯的主要用途是建造土木结构的房屋。

制作土炕上面覆盖的泥板相对而言则比较复杂。先选择好无杂质的黄土，并添加小麦秸杆作为粘和的拌料，再浇上水认真搅拌成上好的泥团。然后选择平整的场地，把泥抹成薄厚相等的长方形泥板。

最重要的一环是在泥板凝固到一定程度时有一道打的工序：两个男人手里各执一根光滑的长扁担，分别坐在泥板的两边，双手用力轮起扁担在泥板上面轮番拍打。这种拍打要进行多次，主要是根据泥板的含水量决定拍打的轻重和时间长短。然后是用铡草的铡刀根据需要将泥板切成六块或八块，并将多余的边角去掉。待泥板晾晒干燥以后，才能慢慢收起。有时候露天晾晒的泥板恰逢大雨被淋坏，便又要从头做起。

建造一盘土炕虽然有一些技巧，但技术含量并不太高。农村一些普通工匠都能胜任。建土炕时先用土坯垒成骨架，再把泥板往上一放，然后用泥在上面覆盖一层，一盘土炕便大功告成了。

接下来便是用大火赶快将土炕烘干。你不要以为土炕不结实，其实它越用越结实。经过多年的烧烤，土炕里边的构件会发生类似在烧造陶瓷时会发生“窑变”效果，变得愈来愈坚固。

现在村里人建炕已经不用土坯和泥板了，炕基全用青砖砌，炕面用的是有钢筋的水泥板，但乡亲们说还是没有过去的土炕温度适中。水泥炕温度变化剧烈，保温效能差，所以村子里至今还保有一定数量的土炕。

三

随着时间的推移，火炕的功能愈来愈完善。它的两头添加了其他装置。在靠窗子的一头增加了一个砖台子，下边是一个专放柴禾的窑状空间。而在炕的另一头，则有了砖砌或木制的一种装置，上边可以横放一片长方形的木板，木板上面可以放置两个大的箱子。这些就是火炕发展到近代以来的基本结构。

还有一个更巧妙的创意，那就是把做饭用的灶台与火炕连接在一起。灶台与火炕合用一个烟囱，做饭时产生的余热通过炕排放，以便为土炕增加热量。

炕的功能到后来也呈现出多样化。热炕能帮助妇女发面蒸馍，帮助农人烘暖粉面、粮食等农作物，帮助孩子们养蚕……

在以前，炕上的围墙仅用石灰刷白就可以了，发展到后来贴上了花花绿绿的纸张。再以后用上了油漆，北方农村出现了专门以彩绘油漆炕围为生的艺术工匠，炕围的花色图案开始争奇斗艳。炕不仅成了艺术品，炕上的摆设也开始升级换代，变得愈来愈华丽。

炕上不仅可以休息聊天，摆上炕桌，还可以宴请宾朋。还可以记账算账，还可以搞更高雅的琴棋书画。

农村的妇女们对炕更有一种亲切感，她们在炕上休息，孩子在炕上生，衣服在炕上做，炕是她们消耗毕生光阴的地方。纺棉花是妇女们在炕上做的最具代表的活儿。在过去你随便到一户农家，炕上往往放着一辆纺车。更有甚者，有的妇女还把织布机放在炕上进行织布。

土炕在特殊年代居然还有一特殊功能。那就是在农业学大寨的那些年，基层干部苦于农业生产缺少肥料的压力，提出“一盘火炕就是一个小型化肥厂”的口号。号召每户至少要砸掉一盘炕给集体生产做肥料用，那时候的号召其实就是命令。第二天每家的门口都有一大堆炕肥。泥土受到多年的烘烤居然肥力上佳，为农业生产贡献了力量。

四

直至今日在北方农村如果谁家的儿女恋家不愿出门，都会被戏称为：离不了母亲的热炕。这就充分说明了留恋热炕是北方人的原始欲望。

沿续了数千年的农耕文明虽然使人类免除了刀耕火种，但它的生产力仅仅能维持老百姓的温饱。大多数农人免不了忍饥受寒，这就显示出土炕在严寒的冬天对人类生活的助力。

一个北方人自从母腹中呱呱落炕，便与炕结下了不解之缘。从此在炕上睡，在炕上吃，在炕上结婚，在炕上生子……温暖的土炕使幼稚的孩子健康成长，使生病的老人逐渐康复。温度使男人气血旺盛，精力充沛，使女人青春踊跃，温柔可人。是土炕沿续了人类生生不息的血脉传承。

成年后，不管你离家多远，家中的土炕永远是你温馨的记忆，那上面有你的父母亲人。古人云：慈母手中线，游子身上衣。在家乡土炕上面慈爱母亲手上的线永远牵着远方的游子。

回到故乡，不论你是成功还是失败。土炕都以它博大的胸怀重新接受你。

现在生活条件好了，人们取暖的方法也多了，水暖、电暖不一而足，睡土炕的人已经日见其少，城里长大的少年基至不知炕为何物。但火炕终究伴随人类走过了千年，它是北方农人对文明史的伟大贡献。

红薯往事

红薯原产于美洲，16 世纪后期由欧洲殖民者将其引种到菲律宾。1593 年（明朝万历二十年）在菲律宾经商的华人陈振龙不顾当时殖民者禁止薯种出境的禁令，秘密由海路将薯种引入福建，又经时任福建巡抚金学曾的大力推广，红薯这个物种才得以在福建落地生根。这是一次成功的生物入侵。后来经过三百多年的时间，这个顽强的物种持续不断地攻城略地，逐渐占领中国全境。

在上世纪 60 年代，虽然我国的经济发展比较缓慢，但人口增长却很快。传统的农耕文明面临着人口增长的巨大压力之时，红薯这个普通的农作物勇敢地站了出来，义不容辞地挑起了重担。以我所在的村庄为例：当时作为旱作农业的红薯种植面积只占总耕地面积的十分之一，而产量却是其他农作物的二十多倍。虽然当时人们对这种“红薯汤，红薯馍，离了红薯不能活”的生活条件有些无奈，但毕竟红薯还是帮助人们渡过了难关。

在四季分明的中国北方，红薯是唯一需要提前培育秧苗的主要农作物。每年一到初春，人们便开始在用砖或者土坯砌成的秧池里育苗。先在底部铺上厚厚一层提前拌湿的糠或者类似物，它的作用是用来产生温度，再在上面铺一层薄薄的牛粪后，便可以把挑选好的薯种按一定方向摆上密密麻麻的一层。最后再厚厚地盖上准备好的细牛粪。此后便只需用浇水来控制温度和促进发芽。有人还在育秧池的底部砌有火道，用柴火加热提高温度，以便促进薯种早发芽，这种方法俗称为火秧子。

薯苗移栽到大田的成活率取决于水分。因此在干旱的北方，人们在栽植红薯的时候是不能吝惜水的，每一根秧苗都会得到一瓢珍贵的水。只有在雨后栽植时，仅在秧苗根部沾一点泥巴就行。成活后的红薯秧苗生命力十分旺盛，它深扎的根可以吸收土壤下面的水分，因此一般的干旱不会影响它的产量。薯藤贴地而走，藤上还会生出小根芽，狂风暴雨也奈何不了它。它不需要在地面上展示果实，觅食的鸟雀和突来的冰雹对它构不成威胁，也不会受到农药的污染。

我至今仍记得当年收获红薯的情景：生产队队长一声令下，人们便开始刨红薯，那场面十分壮观。你似乎只看到一幅幅重复的剪影：人们一只手扶着大板锄，另一只手把一窝窝的红薯从松软的泥土中提出来。

红薯这个原本生长在副热带地区的生物在北方还面临着寒冬的严峻考验。没有科学合理的贮存手段，便不能保证人们在冬季及第二年春天青黄不接的时候有红薯吃。不用说，每户农家的院子里都有一个专门用来贮藏红薯的土窖。它是一个直径七八十厘米的圆柱体深洞，洞深四米左右，洞壁的两边掏有脚窝可供一人上下往返。在洞的最底部开凿有两个窑洞。由于窑洞处于深深的地下，受不到地面上风霜雨雪的影响，洞内保持一种恒温的状态。而在少雨干燥的年份，地下还可以保持一定的湿度。有的人家还会在窑洞中放上温度计。也有人在红薯入窖前给窑内注入一定量的水，用以降低温度，增加湿度。只要掌握好洞内的温度和湿度，红薯便能安然过冬。

在红薯窖贮存了足够的生鲜红薯后，剩余的红薯还有两大用途。一是可以加工成优质的粉条换钱花，二是还可以切片晒成红薯干。

每年秋冬春三个季节，红薯总是忠诚地出现在人们的餐桌上，帮助人们渡过饥荒。直至今天，在农村的宴席上，我们还常常会吃到一道以红薯为主要原料的美味菜点。即便在城市，也有很多出售烤红薯的摊点。在 2006 年世界卫生组织公告的十三种最有益于人类健康的蔬菜中，红薯高居榜首。这说明红薯还将在人类饮食文化史上继续书写浓墨重彩的新篇章。

石磨坊记忆

一

中国先民最先把野生水稻培育成人工栽培的水稻品种，这种技术在长江流域 6000 年前已经成熟。水稻的种子在 3000 年前传入东南亚，在 2000 年前传入日本。

而小麦这种农作物大约在 4000 年前由西亚地区传入中国。它传入的路线一条是经由欧亚大草原传入胶东半岛，另一条路线是沿着河西走廊的丝绸之路传入内地。但在那时黄河流域是粟作农业区，占统治地位的农作物是谷子和黍子。小麦的种子流入该地区后曾长期受到有粒食传统的中国人的抵制。原因是小麦颗粒被人们煮熟后仍然坚硬难嚼，而且口感不佳。因此，小麦与小米争夺主食地位的时间一直持续了近两千年。

小麦一跃而成为中国北方的主要农作物得益于加工技术的逐步发明。很明显，石碾的利用要早于石磨，人类食用小麦经过了由整粒变为麦屑又变为面粉的过程。

石磨的实物最早出现在秦代，但面条和饼食的普及却出现在西汉早期。可见当时粮食加工的技术已经成熟和普及。史籍上很少有记载石磨的发明人及开始利用的时期，但显而易见它是集体智慧的结晶，它凝结了我们无数代先辈们的智慧和汗水。看似简单的两扇石磨，在工具落后交通闭塞的古代是如何由大山走向平原，变成人类普遍使用的得力助手的？尚有待考究，但石磨的发明和利用无疑是人类饮食文明史上浓墨重彩的一笔，它所引发的食品革命颠覆了中国北方人的粒食传统，使人们对于食物的加工和选择更加多样化，进而提升了人类的健康水平。

在 20 世纪 70 年代以前，石磨坊是中国北方农村一道不可或缺的风景线。它可以是农家小院的一部分，也可以独居一隅；可以是瓦房，也可以是草房，甚至还可以露天存在。

在我故乡的村庄里，共有石磨坊二十多座，他们分别坐落在村子里不同的地方。磨子主要由两扇石质磨扇构成，支撑他们的磨盘由土坯或青砖垒成。那时候，没有磨坊的人家想要磨面，需要提前向磨坊主人预约时间。磨坊主人的报酬是粮食在提取面粉后所剩的麸皮。

二

小时候，孩子们非常渴望了解石磨咬碎粮食的秘密。好在磨坊主人每隔一段时间便会请专门的石匠翻新石磨。到那时石匠们会将石磨扇掀开，用专门的工具对上下两片石磨扇进行凿修。我和小伙伴们会在石匠们吃饭的时候去探究石磨扇平时密不示人的一面。

原来，它们长满了石质的牙齿，上下两片石磨的图案几乎相同，它们分别由五至七个扇状石牙条组成。首次观看这些犬牙交错的齿状条纹，小孩子们感到非常惊讶。好在我们已经发现了石磨咬碎粮食的秘密。

为了配合石磨的工作，还衍生了不少专用工具。例如：

1、撮瓢，把约二尺长的圆木剖成两半，只用其中的一半。长度的三分之一部分被削成手柄，其余三分之二部分被凿成簸箕形状。它常于小笤帚配合操作，用来回收磨盘上落下来的粮屑。往磨子上搭粮食也用它，最后收取面粉也离不开它。

2、罗叉骨，一种木制的长方形立体架子。供粗细不同的罗子在上面来回运动，把面粉和还需要再加工的粮屑分离开来。它常常放置在特制的方形木器或卧到的大瓷缸中。

3、挺棍子，给拉磨子的牲口专门配制的一根木棍。它一端固定在旋转的磨扇上，一端紧连着牲口的口鼻，用来规范拉磨牲口与磨盘之间的距离，引导牲口不停地围着磨盘旋转。另外还有用旧布料缝制而成的一个遮眼，用来遮蔽牲口的一双眼睛。

三

磨面人大多是青壮年妇女。这是因为男人是农业生产的主力军，更多的体力活需要他们去干。而年纪稍长的老者又跟不上拉磨牲口的步子。

不断转动的磨子留有方便磨面人接近磨盘操作的一个空间。她需要一边随着牲口的走动，一边用撮瓢把磨盘上纷纷扬扬落下的粮食半成品收取到罗子中，又不断把罗子在罗叉骨上来回挪动。面粉被成功提取后，需要加工的粮食碎屑又被送回磨子上重新研磨。直到最后粮食大部分变成了粗细不等的面粉，只剩下少量的麸皮，本次磨面宣告完成。粮食只有在磨坊中经过华丽转身，才能在厨房中发生更多的蝶变。

磨坊的声音是那时乡村最悦耳的声音。随着粮食的逐步被粉碎，它由开始如大黄蜂飞翔的声音逐步变为蜜蜂接近花朵的声音，拉磨子的牲口蹄子有力叩击磨道的声音犹如鼓点，罗子在罗叉骨上均匀运动好似另一种打击乐。偶尔你还会听到磨面人的轻声哼唱。磨坊的声音悠扬而不刺耳，绵长却不聒噪。这声音是一曲人类追求幸福的交响曲，它是一种蕴养生命的音乐，这音乐在神州大地上响彻了两千多年。

用机器来磨面发生在上世纪七十年代早期，那时候各个村庄纷纷购置了磨面的设备。开始时磨面机大多由单缸柴油机所带动，后来农村实现了电器化，磨面机的动力又改为电动机。

石磨坊被废弃后，两片石磨扇被磨房主人拆卸后放在不起眼的地方。后来这些废弃不用的磨扇又大多被附近小城市的园林单位收走，它们成为一些小公园的装饰物件。它们或者被平面排放成为一条石质小径，或者被固定在水渠旁成为一道靓丽的风景。

无论这些零散的石磨扇身处何方，只要一经发现，我都会有一种亲切感，我会观察并欣赏它们的那些花纹。石磨伴随着农耕文明走过了漫长的岁月，它是我脑海中永不磨灭的记忆。

黄河情

春天的早晨，太阳光抚摸着西岸的每一个皱襞。桃花汛飘载着如同由无穷无尽的白色水禽组成的浮冰群荡漾在晨曦里，浩浩荡荡地向前流溢。宽阔的河床摆脱了寒冷的枷锁，释放着湿润的气息。迷蒙的晨雾如同一层细纱，使景色更加立体、细腻。

黄河，你多么像一个婀娜多姿的少女。薄雾给你轻施粉黛，荒烟给你淡扫蛾眉，河流中，残冰是你凝脂玉肌洗弃的铅华，泥沙是你花容月貌晨妆初卸的金粉。黄河，你在与故乡的姐妹们比美吗？难道你汩汩的春水不是她们青春的热血在脉博中奔涌吗？而河滩上苏醒的苇根不也是她们情窦初开的萌动吗？

夏天的午后，太阳透过云缝如同现代舞会上的闪光灯，向水流泛滥的河流喷射光的烈焰，使河水在夕阳的反照中燃烧。绿洲上的芦苇随风摇曳，鸟儿们在中间欢逐嬉戏筑巢产卵。勇敢的鱼鹰在汹涌的波涛上空搏击，几条捕鱼的鞋儿舟在浪尖上跳跃。

黄河，此时你俨然是一位伟岸的父亲，用水流把日月精华输给大地，使世间万物同沐其辉。你夹裹而来的鱼潮炭汛是告诉人们机会的短暂和收获的艰辛。

秋天的中午，水流逐渐变得驯服了。芦苇到了收割的季节，苇絮荡着白色的波涛。各种水禽带着鸟崽向芦苇帐的深处转移。岸边的黄豆成熟了，农人们各挑着两束叶子落光了的黄豆棵，豆棵随着扁担的上下晃悠，豆粒们在豆箕中哗儿、哗儿地齐声欢鸣。苇歌互答，渔舟唱晚。横跨两岸天穹上的白云带像一根巨大的琴弦，拉响了丰收的大提琴。

啊！黄河，这时你才是一位真正的母亲；抚养的重担使你全然忘却了分娩的痛苦和孕育的艰辛，让儿女们把你用清淡的营养换来的乳汁尽情的吸吮。我还知道，河滩上飘扬的苇絮是你鬓角的白发，两岸连绵不绝的沟壑是你额上的皱纹。而在那高高的天空上，由黄龙山顶向中条山脉缓缓移动的轻歌曼舞的白云阵，不是你日夜辛劳织给儿女们做衣裳的丝锦吗?

冬日的黄昏，夕阳与晚霞融为一体，它们的反照使河床上散漫的水流如同金蛇狂舞。对岸的沟谷中冒出了烧荒的烟柱。不一会儿，雄伟的黄土高原由于光线暗淡而显得轮廓分明、线条粗犷、形象巍峨。

黄河，你是一脉永远开采不完的精神富矿；是一部隐喻无穷的大辞典。中华民族的每一次腾飞，都从你沉淀的结晶体中得到启示。而今天， 像你冰下的潜流一样，黄土高原上也澎湃着一条精神的热流，它将与你一起，共同谱写中华民族新文明的篇章。

又见黄河

还是这深深的天堑；还是这宽宽的河床；还是这望不尽的高原莽莽；还是这流不完的黄水苍苍……黄河，你还认识我吗？我已经不是当年的我了，而你还是那么容光焕发仪态万方。今天，我又来到你的臂弯里，重温童年的梦。

黄河，你也有过童年吗？我仿佛看见了你那恐怖的襁褓：上空掠过翼龙的身影；岸边构筑着梁龙的穴巢；甲胄鱼不敢露出水面；大象向原始森林遁逃！然而，蟒蛇嘶鸣是你的催眠曲，恐龙搏斗是你赏心悦目的舞蹈。你好像醉心于这个令人心悸的伊甸园，并不期望冰河期的来到。

黄河，你嫉妒我风平浪静的童年吗？你曾用耸立的怒涛淹没我的躯体，用咆哮的浪花打麻我的双眼。但我和小伙伴们仍然头顶着镰刀、绳子和土布裤衩，从你那洪波环抱的绿洲上割回了香嫩的牧草。来吧，我童年的朋友，用你的水流重新抚摸我的肌肤，让我在你的浅滩上再掬一捧清波微皱的甘泉解渴吧。我还想在你的激流中摸几尾鲤鱼，在绿洲的芦苇丛中拾几枚鸟蛋。

黄河，对于你来说，五千年不过是白驹过隙。可就在这一瞬间，文杰诗圣为你摇秃了多少笔头，墨人骚客为你涂满了多少香笺。但怨怅不会使你严厉，赞美不会使你慈祥。你用同样的公正对待对你顶礼膜拜的生灵。

虽然洪荒时代你是一匹从不被驯服的烈马，但我却不敢设想：如果大禹不凿龙门，高原上至今还是一片汪洋，没有长堤镇锁，你现在还会有改道的狂想。

黄河，我不过是你博大无比的胸怀里的一粒细沙，是你气势雄伟的万丈波涛中的一朵浪花。时间的长河会遗忘和埋没我，就像你遗忘和埋没古脊椎动物化石一样。但我多么想变成你臂弯里的一曲环流，让理想的帆船在这里小憩。

黄河，我要融化生命源头沉闷的冰山，释放精神河流上空喑声的雷电！同你一起，冲出九曲十八弯，流向大海，流向彼岸，流向蔚蓝。

河　煤

黄河，虽然你头枕东海尾扫昆仑，虽然你悠然九曲勃发万仞。但你我同属光的繁衍，同是太阳的子民。现在，我要向你质询：为什么你以漫长的生命和青春，年复一年地戏弄着寄蜉蝣于地球的人类。而今天，在故乡炎热的七月里，你又展示出一组原始的雕塑群。

河流中，有一群壮年男子。为了干活利索，他们裸体赤身。甚至不要兽皮和树叶，超过了人类的祖先——猿人。这不是生殖崇拜的岩画，也不是为了展示肌肉发达的身躯，而仅仅是为了这游移不定的河煤。

一掬清泉，滋润干渴的喉管，几块干馍，聊慰空空的胃袋。他们瞪着充满血丝的眼睛，寻找心目中的“黑金”。忘记了饥渴，忘记了劳累，忘记了家中守着空槽的母牛，忘记了岸边看望煤堆的稚子。忘记了时间和空间，也忘记了自己那满滩乱跑的女人。

在浅水区，有三个捞煤的少妇。她们把笊篱伸入男人们的胯下捞煤，顾不得“捞蛋”的取笑；在稀疏的芦苇丛中解手，顾不得异性的目光；把湿衣服脱了拧水，顾不得随河而下的凉风；她们乳房膨胀，却顾不得家中嗷嗷待乳的婴儿；怀有孝心，顾不得染病在床的婆母。河煤，你惭愧了，你想用混浊的波浪遮住你羞涩的目光，想用滚滚的泥沙掩盖你不安的面容吗？

岸边的土坡上有一位赶车的老农。他一面在小公牛的眼前旋转着凄厉的鞭影，一面拉紧了嵌在肩上的麻绳。为了减轻牛的负重，他用暮年的身躯拽着原始的纤绳。汗水顺着皱纹流动，双脚在沙窝里艰难地攀登。在防波堤上，我遇见一位背着河煤的少女；身上的煤袋潮湿冰冷，布鞋里的泥水吱吱有声。她望着迎面走来的母亲，美丽的睫毛上凝结着泪影。

河煤，你来自水流的搬运还是古生物的积堆？在渺茫无涯的宇宙中，是否有一个万能的神灵在指挥你时隐时现？河煤，你戏弄进化、崇拜自然。为使物质的需求冲破精神的枷锁，你在黄河中导演了一场生命大展览。

河煤，在此刻，我无心领略河流中报汛的奇观——浅水区泛起的一连串扇状的浪峰。也不想加入在河滩上为生存而奔突的人群。让我们随着时代的风云进入另一个更大的潮汛，是燃烧，抑或流徙、埋没？随宇宙的风云变幻，随时间的星移斗转，随热量的凝聚扩散，随河道的曲曲弯弯……

枣 花

枣花，你不和春花争荣，不与秋菊竞艳。你的开放是因为那时候黄灿灿的油菜花已经落冕，而蓝莹莹的苜蓿花还未显现。为了不使那辛勤的蜜蜂忙里偷闲，你绽放在万木争荣的夏天。

枣花，你把赤红的颜色让给保卫你的刺针，把闪光的蜡汁让给遮掩你的叶片。为了报答故土的养育之恩，你只挑选了一顶乳白色的花冠。不要墨人骚客那绿肥红瘦的赞叹，也不怕帘卷西风香衰翠减。你只把那淡妆素裹的倩影，留在孩子们稚嫩的心田。

为了纯洁的奉献，你拒绝了多少蛾舞蝶恋。不论它们暗放流莺歌喉婉转，还是那花花公子羽翼翩翩。对此，你举起了锐利的棘剑。但枣花呀，面对朴实无华的蜜蜂，你却献出了馨香的花瓣。

啊，枣花！尽管你奉献的是一腔甘醇美味的蜜甜，但风调雨顺你本不奢望，肥田沃壤更与你无缘。即使命运把你抛弃在黄土高原的悬崖峭壁上，你也从不埋 怨。

枣花，你与兄弟姐妹编织了一个立体的花坛。尽管它没有姹紫嫣红，也不会争奇斗艳。但却使我感到清新扑鼻芳香袭面！枣花，你是一部教科书。尽管你没有慷慨激昂的宣言，却使我悟出了五千年文明史所沉淀的丰富内涵。

皂角的记忆

一

在我小时候，农村人把肥皂叫做“洋碱”，它还是人们十分珍惜的物品。偶而也有人用肥皂洗衣服，但也只是在洗衣领、袖口的时候用一下。当时妇女们洗衣服普遍用的还是皂角，那是皂角树的果实。它形状扁而长，成熟后颜色呈褐色。

那时候的乡村，如果你在春、夏、秋三季路过池塘，就会看到一幅赏心悦目的农妇洗衣图：池水的边上摆着由青砖或石板组成的斜面，这种简易的洗衣设施随着池塘水位的下降会在无形中缓慢地移动位置。也有人带着搓衣服用的木板，妇女们先用棒槌把带来的皂角在砖石上砸碎后裹在泡湿的土布衣服或被单中，接着她们把衣物放在水边的砖石上使劲揉搓。不一会儿，被洗涤的纺织品便会冒出无数皂角皂化后的泡沫。虽然那种泡沫远没有今天的洗衣粉泡沫多，但它的去污能力也是很强的。

农妇们在池塘洗衣服的情景，是那时乡村一道靓丽的景观。在那里你会听到一曲曲此起彼伏的棒槌声和姑娘、媳妇们的欢声朗语所组成的二重唱。还会闻到皂角被砸碎后散发出的那种沁人心脾的淡淡清香。

那时农村人穿的全是土布衣服。现在的纺织品是经不起用皂角洗涤的，但土布却能经受它三番五次的考验。还有人在土布衣物中放进皂角碎块，再用棒槌使劲敲打。

二

成年的皂角树虽然生命力极其旺盛，但幼树的成活率却很低，我们村多年来只有两棵皂角树，我家的南墙边便有一棵。

春天，皂角树先长叶后开花，花的颜色是浅绿略显乳白。小皂角刚长出后状如蚕豆，和花的颜色相近，长大后的皂角颜色先浅绿后深绿，成熟后颜色变成了带有蜡汁的黑褐色。

皂角树的脾气很大。为了保护不成熟的皂角免受采摘，它的枝干上长满了尖锐的刺，皂角刺刚长出的时候呈乳白色，不久变为绿色。夏天呈赭红色，秋天它变成了和成熟的皂角一样的颜色。众多的皂角刺即使到了冬天也不脱落，第二年它们又和新长的刺互相拥挤着保护新皂角。这些刺们在无形中还保护了鸟雀和蝉。

每年的夏、秋两季鸟雀在树梢呢喃私语，蝉们在枝条上毫无顾忌地鸣唱。我们这些爱上树的小猎手毫无办法。面对皂角树，你只有弹弓这一种武器可使。

皂角的收获必须在秋末初冬季节，尽管那时树叶已落空，但人们仍不能上树采摘，因为皂角刺还在严防死守。父亲只好站在高处用长竹竿把成熟的皂角打落下来。

三

在我的记忆中，皂角被父母收藏在北房中的大缸或者麻袋里。一年四季都会有人来我家要皂角。不论是姑娘、媳妇，还是老人、小孩，甚至因她们村里池塘无水来到我村洗衣服的陌生人，父母都会来者不拒地送给皂角。多到十角、八角，少至三角、五角，数量的多少是与索要者双方临时达成的协议，它完全不考虑居住的远近，不权衡交往的疏密。这种免费的发放年复一年地进行着，旧皂角发放完了，新皂角又收获了。

这种发放也不是完全没有回报的。张三会在他家过事的时候送来一碗素菜，李四会在初春时节送来一把新采摘的香椿……时间的推移使交换的双方少了许多市侩气，而多了一种困难时期相濡以沫的友谊。也不是说凡是拿走皂角的人都会送来物品，我们家并没有账单，这便是当时农村人际关系大方睿智的一种表现。

现在，我家的皂角树已经老了，它的枝干上已经不再生长当年狰狞可怕的刺了。它所结的皂角也一年比一年少，但我对皂角树的印象仍像当年一样美好。

怀念土布

现在三十岁以下的年轻人，对土布已经逐渐陌生了。而在四十年前，土布却是农家须臾离不开的宝贝。那时候，从炕上铺的盖的，到身上穿的戴的，大至床单被子里，小到背心裤衩和鞋袜，哪一样离得了土布呢？那时的农人只在逢年过节走亲戚的时候才能穿一件当时村里人称之为洋布的外罩。偶尔穿一双条绒鞋也会惊喜不已。有的人只在结婚的那一天才能穿上所谓的洋布。

绵延了数千年历史的土布是怎样诞生的呢？它的生产程序也是十分复杂而带有传统和艺术性质的。

第一道工序是将弹好的棉花搓成条状棉絮。然后就是纺棉花。现在不少农家还保存有旧时的纺车。

小时候我印象最深的便是纺棉花。在那冬天漫长的夜晚，我睡在热被窝中，奶奶就坐在炕头纺棉花。她用右手转动纺车，随着左手的一俯一仰，尖形钢棍上的线穗逐渐变粗变长。

我却在那如同催眠曲般的嗡儿、嗡儿声中睡着了。有时从睡梦中醒来，发现奶奶仍在如豆的油灯照耀下纺线。她脸上是那么的安祥和满足，仿佛纺线是一种神圣无比的工作。第二天早上一醒来我便看见了奶奶的成绩——十来个肥胖大线穗迭卧在竹篮中。

接下来的工序是拐线子。就是用木制的线拐把线穗变成圆形的线圈。

第四道工序是把拐好了的线子放在锅中添上水，并放入颜料和少量的白矾，把水烧开后用木棍上下翻动。这样几次就把线子染成了所需要的各种颜色。

第五道工序是在锅中用小麦面粉熬成的面汤中浆制线子。

第六道工序是打筒。用纺车带动专用筒车将浆过的线圈按颜色分类分别缠在一个个竹节被凿透的竹筒上。

第七道工序是接线子（土话叫接棉子，乡下人叫土布为棉子）。这是很有艺术的一道工序。先在选好的场地上把细铁棍固定成一排，又在它们前方不远的平行线上钉几根粗铁棍。为了避免竹筒在转动中进入土地，还需要在每个细铁棍上套放一枚有孔的圆形旧钱币。然后把缠有线子的竹筒分颜色依次套在细铁棍上，接线子的人从每个线筒上扯上一个线头，用拿在手上的一个空竹筒作轴心，把扯出来的线子组合体按要求缠绕在粗铁棍上。这时，随着接线子的人来回走动，变动着的彩色扇形线面十分好看，再加上快速转动的竹筒哗哗作响，整个场面颇为壮观。

木制的织布机应该是当时农村最为复杂的半机械设备。妇女们常年累月坐在上面，织布机噼叭作响，木梭来回穿行，经纬交织，才织成了一匹匹的土布。你只有在她们休息的时候才能欣赏她们的杰作。这时她们把织成的土布搭在枣木机弓上，土布如同瀑布一样一泻而下，非常好看。

最后一道工序是杵布。把土布放在杵布石上，用木制棒槌用力敲打。杵布的声音虽然沉闷，却能传到很远的地方，小时候在有月光的夜晚便能听到持续时间很长的此起彼伏的杵布声。

那时候，衡量一个农村妇女是否有本领，常常就是看其家中箱柜里土布数量以及花色品种的多少。记得文革中为了搞展览，从一个干部家中搜查出的土布就达百丈以上。

土布呀，你伴随着几千年的农耕文明，从嫘祖养蚕的远古走来，一代又一代的妇女耗尽了毕生的精力将你发扬光大。你是人类由粗野过渡到文明的见证。你悠久绵长的历史让现代机器制造出来的绫罗绸缎相形见绌。

寨门的今昔

峨嵋岭上黄河岸边的村庄，村子的东头大多有一座寨门。而古渡吴王村的寨门在这一带尤其有名。

吴王村的寨门，门洞是由石头砌成的。前后有青砖砌成的墙壁，上边也有城楼以及女墙之类的建筑。这座寨门是通向沟通秦晋两省古渡口的必经之路，也是村中通往外界的唯一出口。它的两边是一眼望不到底的深沟，而寨门雄踞其上，大有一夫当关万夫莫开之势。吴王村南北有深沟环绕，西有天堑黄河为障，东边只有寨门一个出口。因此在历史上，吴王常为兵家必争之地。

据有关资料记载：汉朝初年，叛将魏豹曾以吴王为据点操兵练马以拒刘邦。刘邦派大将韩信率领人马来河东平叛。就是从吴王村过河。相传吴王村曾因此而叫魏王寨，后来有人觉得魏豹只不过是一个被朝廷剿灭的叛将，才根据村中吴王两姓居多的情况改名叫吴王村。

当地还有人把吴王寨门叫做望河楼的，因为站在寨门之上可以望见滚滚南下的黄河。现在，寨门城楼的瓦楞上长满了青苔，而女墙也因为尘封垢裹而失去了往昔的风姿。但如果说它身边流淌的黄河是中华民族的摇篮，那么这古老的寨门岂不是当地人民盛衰荣辱的见证吗？

“有福的住在州城府县，没福的住在黄河两岸。”这句乡谚是峨嵋岭上人们对过去生活的如实总结。

抗日战争时期，吴王是所谓“大东亚共荣圈”的边沿村，日寇在这里驻扎了一个小队。无论农活再忙，每天早晨，牵着耕牛、驾着粪车的农民们都要聚集在寨门下等候在城楼上睡懒觉的日本兵下来检查良民证，然后才能到地里去干农活。麦子成熟了，鬼子却要赶着青壮年去挖战壕。晚上，寨门楼上逃跑又被抓回的民工凄厉的呼号和日本兵拷打人的清脆的鞭声掩没了黄河沉闷的怒吼。

吴王是一个大村，全村共有两千多口人。大锅饭时期，一到上下工时间，十二个生产队的社员便如同潮水般涌进涌出。几十辆牛车不停地给地里送粪；收获时节，又用它们拉回了汗水的结晶。年复一年，车轮在寨门洞下的石道上磨出了深深辙迹，但却没有改变父老乡亲脸上的菜色和兄弟姐妹身上的土布衣衫。为了填饱肚子，人们只好乘船到河西去贩猪，甚至拉上运城出产的盐到河西去换玉米吃，还有人冒着生命危险到陡峭的沙崖上去刨国家禁止挖掘的古脊椎动物化石。

“靠山吃山，靠水吃水。”但吴王人过去每年奢望于黄河的只不过是几条鱼，几筐煤而已。更何况黄河并不是每年都有鱼潮炭汛。夏秋之际，下午眼见蜻蜓乱飞，晚间耳听黄河怒吼，第二天早上一看，如果涨的是炭河，学校连课都上不成了，连低年级小学生也到岸边去看炭堆。寨门洞下也有几天车马不绝——东村人也闻讯赶来了。贫穷让大姑娘小媳妇忘记了羞怯，为了几块煤，她们穿着湿漉漉的衣服下河涉水，并敢于把捞煤的工具伸进脱得赤条条的男人们中间。啊！黄河老人惭愧了，它有意搅起的鱼河炭汛，不是想遮掩它那羞涩的容颜吗？而终年奔流不止的河水，不是它因为伤心而流溢出的混浊的老泪吗？现在吴王每天有两趟直达运城的客车往返，每天早晚，汽车的喇叭声震落了寨门上多年的积尘。冬闲时节，仓中有粮、手中有钱的农民们搭车到城里兜风去了。而有心计的农人则已经想到了第二年的生产，沿途打听起化肥、农药及种子的事儿了。农闲时村里也敢叫上几台大戏。亲朋好友来看戏时再也不像前些年那样为饭菜端不上桌子而发愁。前两年，县、乡两级政府为了开发旅游资源，投资十多万元将寨门城楼重新修整。现在你所看到的寨门已是红砖绿瓦，飞檐彩绘，仪态万方。近来还传有消息说将在木罂古渡架设桥梁，届时将有更多的人来观赏古寨门的雄姿。寨门，勤劳的河东人民已经接受了你古老的祝福。而他们现在奉献给你的还仅仅是一支序曲。寨门，你洗耳恭听吧，黄河儿女将用智慧和汗水给你奏鸣一部新的《黄河大合唱》。寨门，请把你尘封垢裹的青苔送到历史博物馆中，同新时代携起手来共同前进吧！

青年杜甫的郇瑕之游

杜甫（712—770），字子美，又称杜工部，河南巩县人。他以现实主义的诗风和高尚的人格，成为中国历史文化中一道最靓丽的风景。

唐开元十八年（730）春，杜甫开始了长达十年的壮游。他游历选择的第一站便是郇瑕（临猗古称）。

杜甫为什么选择郇瑕作为他的启蒙之游呢？让我们从他的作品中寻找一些蛛丝马迹吧。在一首题为《奉酬寇十侍御锡见寄四韵复寄寇》中诗人写道："往别郇瑕地，于今四十年。来簪御府笔，故泊洞庭船。诗忆伤心处，春深把臂前。南瞻按百越，黄帽待君偏。"从诗中我们知道了这个寇侍御是杜甫在郇瑕地交结而又分别了四十年的朋友。在另一首题为《哭韦大夫之晋》的诗中，诗人写道："凄沧郇瑕邑，差池弱冠年。丈人叨礼数，文律早周旋……"在这里我们知道杜甫与韦大夫在郇瑕地不但有过交往，而且还有过诗歌上的酬唱周旋。读了以上两首诗，还可以看出诗人对郇瑕之游的深刻印象，因为经过了四十年还历历在目。

杜甫曾在他有自传性质的《壮游》一诗中写道："七龄思即壮，开口咏凤凰。九龄书大字，有作成一囊。""往昔十四五，出游翰墨场。斯文崔魏徒，以我似班扬。"郇瑕之游的那一年，诗人已经十九岁。

很难设想一个在九岁就能吟诗作赋的人能够在十九岁时抑制住写诗的激情，更何况那时在郇瑕之地和杜甫相会的人中肯定有几个同诗人一样怀着指点江山激扬文字愿望的文朋诗友。由此可以肯定：杜甫在郇瑕之游中定写有很多脍炙人口的诗歌。但遗憾的是，杜甫在四十岁以前所作的一千余首诗歌中，现存的不足五十首，其他大多流散佚失。

杜甫的壮游期正值唐王朝的开元盛世。诗人在那一年离开他全家的居住地——繁华的东都洛阳，渡过黄河，翻越中条山，跋山涉水来到郇瑕之地。他看到，峨嵋莽莽，涑水荡荡，条山苍苍。至于师从陶朱公牧畜贩盐的猗顿后代是怎样接待这位青年诗圣的，我们却不得而知。但可以初步推断：诗人的这次游历，不但是为了寄情山水，而且还有以文会友的目的。

杜甫的郇瑕之游虽然历时只有一年（包括往返旅程），诗人在当年就返回洛阳，但却给十年壮游开了一个好头，为以后历时九年的游历积累了经验。

返回洛阳后，杜甫于次年（732）开始了历时四年的吴越之游。此后开元二十四年（737）杜甫在应试落第之后又开始了历时五年的齐赵之游。

杜甫年轻时的三次壮游——郇瑕之游 、吴越之游和齐赵之游，对于诗人的成长乃至后期黄钟大吕般的诗歌创作都有着十分重要的影响。

后土祠和秋风楼的兴衰

万荣县庙前村的秋风楼虽然有名，但它的构建却得益于该地的后土祠。让我们先从宋朝真宗皇帝赵恒撰写的《汾阴二圣配飨铭》碑文中看一看后土祠的地理风貌："睢上者，汾水之曲，巨河之滨，故魏之国都，旧晋之疆土。其俗富庶，接秦雍之教。地形诡异，神道依凭；中段洪流，揭成高阜。俯联修壤，崛起而崔嵬；下望平皋，斗绝而盘郁。故得传于简策，降厥祯祺……"从引文中我们清楚地看出了后土祠优越的人文地理环境。

祭祀后土自三皇五帝开始，是历代帝王沿续了数千年的习俗，尤其汉武帝刘彻把这种祭礼推到了极致。在交通落后的状况下，他不顾车马舟楫劳顿，竟然先后六次到后土祠行祭祀大礼。文武百官随圣驾，旌旗蔽日，双层龙舟渡黄河，击浪扬波……汉武帝还在此创作了千古绝唱《秋风辞》，遂有修建秋风楼之举。而秋风楼的建立，无疑又给后土祠的祭祀锦上添花。

让我们从三位明朝诗人的吟咏中寻找后土祠和秋风楼兴衰的轨迹吧。明朝成化年间进士乔宇在《秋风亭下泛舟》一诗中写道："荒亭寥落野烟空，汉帝雄才想象中。萧鼓应声开画鹢，帆樯飞影动睛虹。山分秦晋群峰壮，水入河汾两派通。少壮几时还老大，不须回首叹秋风。"诗中不但歌颂了祖国山川的壮丽，还发出了光阴似箭，人生易老的感叹。

明朝隆庆辛未年间进士、荣河县人周有光在一首题为《汾脽古祠》的诗中云："古庙崔嵬镇水喷，层楼碧殿入青云。苍苍老树风烟色，历历残碑唐宋文。怒浪千年摧旧岸，归鸿几点下斜曛。祠官漫诋当年事，光集灵坛自昔闻。"

另一位明朝诗人萧启也写过一首《秋风亭辞》。诗中写道："汉家亭起向汾阴，俯瞰中流百尺深。昔日遗基微有迹，多年古柏自成林。菊兰芳歇秋容淡，萧鼓声残日色沉。过客漫劳谈往事，断碑无字草虫吟。"

很显然，由于元朝属于少数民族建立起的政权，它的文化传统和汉族不一样，所以这种帝王亲祀后土庙的礼仪随着宋王朝的灭亡而销声匿迹了。从这三位明朝诗人的吟咏中我们可以看到，后土祠和秋风楼在分别经过汉唐宋这三朝盛世后已显现出日渐衰微的迹象了。

最后，让我们再引用清代诗人刘允升的一首《后土祠》作为结尾："汉宫唐殿宋碑铭，脽上灵光接上清。高阜长腾金宝气，绣幡时杂环佩声。苔痕剥落秋风冷，栋粉零星月夜明。独有多情汾水阔，白云黄叶雁行横。"

从诗中我们可以感受到：虽然后土祠和秋风楼的兴盛已成往事，但它的影响还会久远长存，近几年台港和海外华人不断有人组团祭拜就是明证。

王勃与打腹稿

王勃（650—676），唐绛州龙门（现万荣县通化镇）人。他与杨炯、卢照邻、骆宾王一起被称为“唐初四杰”，勃居其首。

王勃自幼长于书香之家。六岁善诗会文，九岁著成《指瑕》一书。十四岁时，右相刘祥道巡行关内，勃上书陈论朝政得失，其言中肯，被赞为神童。后被推荐于朝廷，授朝散郎，后又到沛王府任修撰。

当时，沛王经常与英王斗鸡。一天午后，有人怂恿王勃写一篇檄文来代表沛王的斗鸡向英王的斗鸡下战书。王勃听后也觉得有趣，当时应允天黑前交稿。他回到房间后，先慢慢就砚磨墨，磨好之后倒入一个大碗中，接着再磨……直至大碗倒满。接着他又倒了一盅酒，大口酣饮而尽，然后躺到床上，蒙上被子睡起觉来。其实王勃不是真在睡觉，而是静心闭目构思文章，待到考虑成熟，他便掀开被子一跃而起，拿笔蘸墨，挥毫作文，文不加点，一气而成。《檄英王鸡》一文文笔精美绝伦，几天之内便传遍了京城长安。

后来，这篇文章传到了唐高宗李治手中，他看后认为此文破坏了诸王之间的关系，遂下令将王勃逐出沛王府。他把青年人无意之间的文字游戏提到了政治的高度。

王勃虽然由此文惹祸，但从此以后人们便把构思文章称为“打腹稿”。

有关木罂古渡的三首诗

临猗县吴王渡与风陵渡和禹门渡在历史上被称为河东的三大古渡。汉武帝三次赴河东祭祀后土庙从吴王渡过河。司马迁在《史记·淮阴侯列传》中记载："汉高祖二年八月，以信为左丞相，击魏。魏王盛兵蒲板。塞临晋。信乃益为疑兵。陈船欲渡临晋，而伏兵从夏阳以木罂渡军。袭安邑。信遂虏豹，定魏为河东郡。"文中夏阳与吴王渡隔河相望。因此，吴王渡又名木罂渡或淮阴渡。

明孝宗时，合阳县令赵维藩在一首题为《晚渡夏阳》的诗中写道："一派波澜一派愁，夕阳却复向山头。孤帆起处风生渚，两棹摇时月满舟。雁宿寒芦秦野暝，人看烟树晋天秋。穷途惨切凭谁问，及岸前村问酒楼。"诗中借秦晋之间这条大河的自然景色暗喻他仕途不得意的境况，借酒消愁，抒发他胸中郁结的块垒。

而明朝万历年间的另一位诗人则达观多了。他名叫刘应卜，他在一首《咏淮阴渡》的诗中云："木罂飞渡笑艨艟，相拒蒲津让首功。坛上英雄随水去，涛声犹似战河中。"诗人充分肯定了韩信声东击西木罂飞渡的赫赫战功。

清朝康熙年间，广西道监察御史雷学谦也写过一首题为《木罂渡》的诗。全诗如下："淮阴往事持平云，高帝何尝尽负臣。功就从龙嫌震主，势成履虎欠抽身。松间落叶推同辈，湖上烟波让古人。

瞬息弓藏惊幻梦，木罂渡口迄滩湮。”诗人从汉高祖和韩信之间发生的矛盾分析出韩信功高震主势成履虎，不知道激流勇退，到后来必然酿成“飞鸟尽，良弓藏；狡兔死，猎犬亡”的千古悲剧。诗人在字里行间说道：这都是韩信你刚愎自用、咎由自取，怨不得刘邦。

韩信大战吴王滩

西汉初年，楚汉之争尚处于对峙状态。原来已经降汉驻守在平阳的魏王豹趁刘邦彭城兵败之际，又打起了叛汉的旗号，割据自立。汉高祖刘邦闻讯大怒，命令韩信率军征讨魏豹。

汉高祖二年八月，韩信与灌婴、曹参二人率大军浩浩荡荡沿黄河北上，到了临晋关（蒲州对岸）。韩信隔河相望，只见东岸蒲州一带魏军防守很严，他只得安营下寨，与魏军隔河相持。原来魏豹早派柏直沿黄河东岸设防，想凭借黄河天险以拒汉军。

过了几天，韩信派人探得上游夏阳（与吴王古渡隔河相望）地形险要且魏军防守薄弱，便想出一条计策来。

韩信先传曹参入帐，让他率兵进黄龙山采集木料万余根。又命令灌婴领人到附近各县购取瓦罂五千，每只大小要容纳二至三人。

又过了几日，二将复令交物。韩信命令兵将将木料扎成像梯子状的木排，又将瓦罂缚在木排上。每个木排缚瓦罂十只，共扎成木排数百个。

准备好后，韩信吩咐灌婴带数千兵马多擎战旗在临晋关向蒲州方向摇旗呐喊，以佯攻来吸引魏军的注意力。他和曹参率领大军在夏阳渡准备渡河东征。

韩信命令大军将木罂放置水中，兵将们在罂内划浆东进。驻扎在吴王古渡的魏军发现黄河水中飘浮着无数只木罂，却不知内装何物。待稍近时魏军放箭乱射，只听叮当作响，并不能伤及汉军。魏军大惊，连忙派人到蒲州驰报柏直。待柏直率兵将赶到吴王渡时，韩信、曹参及一万多名汉兵已渡过黄河列成阵势。柏直见韩信背水列阵，便领兵拼杀。谁知汉军见木罂已返回西岸，如不勇战便是死路一条。韩信带头冲锋陷阵，汉军见主帅身先士卒，士气大增，奋勇冲杀，声震古渡。魏军由于长途驰援，鞍马劳顿，愈战愈败。柏直见汉军势不可挡，只好率领残兵败将向东退却。

这时第二批乘木罂渡河的汉军也到达吴王滩，韩信见魏军大败，便命令大军东进二十里，在齐永村（原名齐王寨）一带沿峨嵋岭面对桑泉古城安下了大营。

姚燧轻钱财

元朝大德十一年（1297）的一天，翰林院大学士姚燧接了一道圣旨，成宗皇帝铁穆尔要他给高丽国的沈阳王写一些诗文。

元朝初年，文章首推姚燧。大凡文臣武将的显行盛德大都由他所写。他写作的态度很严谨，一定要品德事迹很突出方肯下笔。

当时，离元世祖忽必烈消灭宋政权还不到二十年。高丽国的沈阳王父子为了不步南宋灭亡的后尘，极力与元朝的皇帝联姻，并拿出大量的金银财物结交朝臣和权贵。

沈阳王为了显示皇帝的荣耀，多次向姚燧求索诗文，姚拒不动笔。一直僵持到这次圣旨下达，才抄了些诗文给他。沈阳王得到姚燧的文章后十分高兴，连忙派人给姚府送来了整整五十筐财帛、玉器和名画。这是他送朝臣出手最大方的一次。

姚燧收到礼物后，只粗粗浏览了一遍，立即将礼品分发给府里的属官、胥吏和侍从。留下黄金和白银全部上交翰林院公用，他自己一无所取。夫人问他为什么要这样做，姚燧答道："'鹪鹩筑巢，仅于一枝；堰鼠饮河，止于一腹。'人生在世，衣食无虞足矣。钱财均为身外之物，多了反而会坏事。更何况咱们现在拿着朝廷的俸禄，就要体察民间的疾苦，替国家分忧。"

一天，皇上询问姚燧礼物之事，姚坦然答道："彼藩邦小国，唯以货利为重。吾能轻之，使知大朝不以为意。”皇上赞扬姚燧能透过“货利”深入一层，讲究国格的尊严之道，其器识志趣自是超人一等。

通过绘画说周臣

公元1469年至1492年，意大利的文艺复兴运动使佛罗伦萨渡过了它艺术的鼎盛时期。紧接着，刚进入16世纪，中国的苏州也迎来了一个在东方美术史上值得称道的辉煌时期。那时候，明王朝经过一百四十年的经营，进入了一个政治基本稳定，经济较为繁荣的时期，而在江南一带，有知识的豪门巨贾对于艺术品的大量需求，催生了吴门画派。而在早期，由于仇英远未出道，吴门画派的代表人物无疑是沈周、文征明、周臣、唐寅四人。

周臣，字舜卿，号东村，是苏州本地人。他早年曾在同乡陈暹门下学画。明朝人王稚登在《丹青志》一书中将绘画分为神品、妙品、能品和逸品四类，他将周臣和仇英的画作纳入能品一类。而另一位明朝画评家顾凝远在《画评》一书中也把周臣列入名家。

前一段，我在一个藏友家中发现了周臣所绘的《林亭消夏》图轴，现在，让我们以此图为例，来赏析他的绘画艺术。

图画中首先映入眼帘的是形状各异的巨石和山峦，近处石体坚凝，远处峦头峻嶒。其次我们看到作者别具匠心的林木设置。树木从巨石的缝隙中夺罅而出，它们擎起在凉亭周围，显得自然洒脱，有松偃龙蛇、竹藏风雨之势。接下来，你顺着迂回的野径，会发现两个精致的凉亭，即便是界画高手所画的凉亭也不过如此。至此，你不能不感到周臣真是营造意境的高手。最后，我们再看看凉亭内外畅意消夏的人物，他们无不古面奇妆，各极意态。全画体现了古代文人雅士在风疏日朗的夏日里纳凉消夏的悠闲场景。

周臣虽然继承了南宋院体画构图华丽、讲究法度、周密不苟以及重视形神兼备的衣钵，但在实践中，他无疑强烈地表现着他自己对于山水人物精到的笔墨把握。

活跃在明代中页正德、嘉靖时期的沈周、文征明、唐寅、仇英四人，在中国绘画史上也被称为明四家，是明朝承前启后的重要绘画流派。周臣不仅是一个出色的画家，还是一个优秀的美术教育家。他无意中收的两个徒弟——唐寅和仇英后来就占了明四家的半壁江山。

唐寅和仇英在艺术虽然都超过了老师，但他们从周臣身上都学到了不少东西。仇英从老师那里继承和发扬了缜密周到、通盘贯气的结构布局以及精疏豪阔、达意畅神的传神场景。而唐寅则从周臣那里得到了坚实的造型能力和雄劲的笔墨技法。

周臣还是一个非常善于虚心学习的画家。他的弟子唐寅后来在艺术水平上超过了他，由于索画人太多而应酬不暇。他延请昔日的老师为他代笔作画。周臣不仅虚心受聘，还认真揣摩学习唐寅的笔法。他替唐寅代笔的绘画在当时就赢得了“非具眼莫辩”的评价。但毕竟周臣比上不弟子，在他的画中不仅没有唐寅绘画中的书卷气，也缺乏唐寅那种张扬的个性魅力。而仇英更是为老师争光，硬是由一个名不见经传的漆工，一跃跻身为明四家之一。

感谢吴门画派，感谢他们为我们留下了这些精美的画作，让中华民族有了薪火传承的艺术经典，让我们在欣赏中完成对传统文化的精神守望。

继母与父亲

我的继母姓祁名凤英，她于1920年5月5日出生在陕西省周至县广济镇小留村。由于家境贫寒，1936年在她十六岁时被卖到山西省临猗县英居村成为童养媳。她十七岁与前夫成亲，十八岁生下大女儿，后又陆续生了两个儿子，到1947年她二十七岁时生下小女儿，成了四个孩子的母亲。

继母对旧社会包办买卖的婚姻很不满意，但直到共产党领导人民翻身解放，有了新的婚姻法，她才与前夫离了婚。由于前夫懦弱无能，继母要求四个子女全部由她来抚养。经由当地政府分家析产后，她与孩子们仍住在原来的家中。几乎在同一时期，我的父亲也因离婚而变成单身。

继母于1952年秋成了自由身后并没有立即进入下一段婚姻，她面临着选择。也就是说我的单身父亲还有其他竞争者。其实父亲当时的条件也不错：他身材适中，面容俊朗，眉宇间流露出一股英武之气。他不仅粗通文墨，还精于珠算，也没有不良嗜好，是一个勤劳朴实聪明能干的农民。那时候，我们家虽说是贫农，却住着一个有八间瓦房的三合小院，院子的旁边还有一个打麦场。父亲那时候还经营着一个豆腐坊。

继母经过一番权衡，做出了她人生中重要的决定：带着四个孩子与父亲成了婚。那是1954年的春天，已经三十四岁的继母虽说青春已逝，但由于聪慧睿智，仍显得风韵无比。

新家庭成立后，需要耕种三十亩土地以养活七口之家，父亲挑起这副担子没有丝毫畏惧。我至今清楚记得一个上工的情景：父亲肩扛农具在前边走，继母与子女紧随其后。平时并不爱唱戏的父亲突然唱起了蒲州梆子，他其实只是一句戏文在反复地唱。继母在他身后说："先人亏了人了，你唱的是个啥呀。"村里人对这幸福的一家投来了羡慕的目光。继母终于找到了她所渴望的幸福。虽然吃的是粗粮，穿的是土布，但她脸上洋溢着幸福的光辉，对子女露出慈祥的笑容。

在数千年的农业时代里，土地对农民的邀请是地球上最沉重的邀请。农民们在无规则的轮回中接受自然的馈赠。丰收和歉收往往轮番向你招手，但毕竟每季庄稼都会有所收获，土地既吝啬又豪爽。对于勤劳的农人，它是不吝赐与的。正如故乡的一句农谚：锄头底下有水。其实仅仅是因为多锄可以破解板结减少蒸发进而保护土壤墒情。

得到爱情濡养的男人力大无穷。父亲心里那台发家致富的发动机在日夜轰鸣，他殚精竭虑精耕细作。到了合作化那一年，家里不仅衣食无忧，还有两头耕牛，所需的农具也基本购置齐全。

农业合作化后，父亲和继母面临着同样的问题：如何使这个七口之家丰衣足食。那时候，继母已经由一个外省女子彻底变成了晋南婆姨。尽管她说话时你还能听出陕西腔的余韵，但她能把晋南当地的俗言俚语表达得活灵活现，对于晋风晋俗的理解更是如鱼得水。随着季节的变化，什么节日做什么菜，她的厨艺已经超过了土生土长的晋南女人。

小时候，我曾多次一边拉着风箱，一边观看继母制作面条。

制作面条这项工艺可以说是农耕文明在饮食文化上最优秀的传承。农家自己的面粉，没有任何添加剂，也不借助外来力量，能够利用的就是案板和一根擀面杖。

先是将所需要的面粉放进盆中，然后加入适量的水，接着在盆中将面粉和水逐渐和成一团可供操作的面团。面团要经过充分的揉搓，才能够进入下一道工序。

第二步：将面团放在案板上用手搓成片状；

第三步：用擀面杖碾压将面片进一步扩大；

第四步：将面片卷在擀面杖上来回滚动，这是最关键的一步，我看到继母推动着面片使之扩张，扩大后的面片被反复放在案板上，继母从不同的角度用擀面杖把它卷成筒状在案板上反复揉搓滚动，直到它的边缘超过了擀面杖和案板。

最后一步是切面，一把厨刀可以把硕大的面片切成不同的形状，基本的刀法可以切成三种不同的面条，他们分别是宽面、窄面、旗花面。不等我把锅里的水烧开，继母已经把面条做好了。她做的面条不仅薄而均匀，而且很筋道、有嚼头。

合作化以后，父亲曾长期担任生产队的饲养员。体制的转换并没有熄灭他脱贫致富的梦想。为了全家人的生活，他忙里偷闲，充分利用空闲时间，即便是夏天，他往往也没有休息时间。那些年，政府对农村的政策还比较宽松。我们村的人除了参加集体劳动外，还能在荒沟野坡上开垦一些荒地。父亲也不例外，他在村子的南沟开垦了九块荒地，东沟也开了八块，这十几块小片地总面积在二亩以上，每年收获的小麦在五百至七百斤之间，大大改善了家里人的生活。

另外，在村子的北边原有我家的一个园子，面积约有五分地大小，生产队把它做为养猪的饲料地仍划归我家管理，父亲便在园子里栽植了不少柿树。他酷爱园艺，擅长嫁接，能让一棵柿树上结出几种不同的柿子。园子里还有枣杏等果树。每年夏秋两季还会有各种蔬菜的收获。

继母十分了解自己的丈夫，他虽然勤劳节俭，是一头吃苦耐劳的牛，但如果让他为家庭掌舵，仍然稍逊一筹。因此她当仁不让地成了家里的主心骨。继母虽然不识字，却有着世俗的精明。她情商高，悟性强，待人接物恰到好处。几十年间与村里人礼尚往来，十分和谐，从没有与亲朋邻居发生过纠纷。

父亲和继母在年富力强的创业黄金期恰好是农村持续了近二十几年的困难时期。他俩虽然费力不少，但全家人的生活仅仅是温饱而已。

进入上世纪六十年代，继母对晋南的饮食技艺已掌握得十分娴熟，春节的素饺子，元宵节的打茶，端午节的凉粉和蒸米，中秋节的月饼和蒸菜……她做的各种饭菜无不色香味俱佳。继母最善于把丈夫的劳动成果反馈到生活水平上。她用优良的厨艺报答丈夫的辛勤劳动，即便在困难时期，我家的饭桌上每顿饭不会少于四盘菜，哪怕是用一个鸡蛋换购回来的生韭菜。继母的厨艺和干净利落得到了人们的认可。生产队长不时找上门来，要她为一些下乡干部或机耕队之类的工作人员做饭，这活儿在当时可是一个令人羡慕的肥差。每隔一段时间，父亲便拿着生产队长的批条，到队里仓库领回一定数量的粮和油，引来社员们羡慕的目光。队里还适当补助一些菜款。

那时候，每年的除夕之夜，是继母最忙碌的一夜，她往往彻夜不眠，由于贫困，平时没有替换衣物，每临春节家里人的衣服已经破旧，继母一定要赶在大年初一黎明之前给每人做一套棉衣服，而这件任务往往由于土布未织出或其他原因，直到除夕之前还未完工。不是你的裤腰未上，便是他的棉袄纽扣没做成，因此除夕之夜继母都是整夜劳作，直到每个人都穿上新衣，她才会长吁一口气，紧接着又开始做大年初一的第一顿饭。

在1963年，我们家有一个大动作，就是把原有的旧三合小院的南房和西房拆掉，在老北房西边的打麦场旧址上新建四间北房。那时三年困难时期刚过，有力量扩建房屋的人家并不多。父亲和继母在艰苦的条件下用非凡的力量完成了这一艰巨的任务。房屋建成后，我家成了一排七间大北房，院落也变得宽敞明亮。在以后的几年中，家中还添置了小平车、缝纫机等物件。

那时候的农村，每家都有木制的纺车和织布机，每个家庭妇女都是工艺师。继母也不例外，因为全家人的衣服鞋袜都要用土布，所以她一年四季都在为土布而忙碌。

把籽棉变成土布要经过十道工序。前四道是轧、弹、搓、纺，第五道工序是拐线，紧接着的是打筒、染色、接幅、上机，之后才能开始织布。纺棉花是最费时的一道工序，那时候纺车的声音是农家最为温馨的声音。在嗡儿、嗡儿的响声中妇女们消耗了宝贵的岁月，也给家庭带来了温暖的呵护。小时候在冬天，继母会把纺车放在土炕头，我常常伴着纺车的声音入眠，有时候也会被纺车的声音唤醒。

织布机通常安放在农家最宽大的房间里，这个古老的织造设备经过数千年的演变已成为农耕文明最典型的传承代表。它悠扬而有节奏的响声是传统农家温馨的宣言。夏天是织布的最佳季节，每天下午，继母都会将她织成的土布挂在织布机高高的枣木弓架上晾干。那时你会看到土布像倾泻而下的瀑布一样好看，是家中一道靓丽的风景。

继母是一个驾驭男人的高手，她摸清了丈夫的脾性，她知道什么时候要让步，什么时候要坚持自己的观点。她收放自如，既能保全丈夫的脸面，又能使自己的观点得到执行。而父亲也十分尊重妻子的意见。在我的印象中，他们二人从来没有什么大的冲突，只有十分默契的努力合作。

他们二人男耕女织妇唱夫随，用了近二十年时间养大了五个子女。这期间，三个男孩的娶亲，两个女儿的出嫁，还伴随着不断的添物置产修盖房屋。要知道，这是在改革开放以前的困难时期。

在第二次分到土地时，父亲的心情仍像当年土改时一样激动，他终生热爱的土地又在向他招手，依靠土地发财致富的梦想死灰复燃。他艰难地迈着双腿到地头看了一次又一次，并亲自立起了地界石。但他已经不能亲自耕种土地了。岁月已使英雄暗老，六十四岁的他因早年的劳累患上了严重的腿部关节炎，走起路来摇摇晃晃，更不要说到地里劳动。

继母虽然身体较好，但她毕竟是一双小脚，并不适合在田里劳作。他俩只好眼巴巴看着儿女们在责任田里奔波，却帮不上什么忙。他们尽管不甘心，但“廉颇老矣，尚能饭否”，父亲和继母那一代人，生于乱，长于贫，立于艰难困苦之时，却衰老于小康之初。

父亲逝于1990年秋天，享年七十四岁。那一年党和政府的改革红利正滚滚而来。父亲是不幸的，他劳苦一生并没有追求到理想中的财富。但他又是幸福的，他有幸遇上了继母这个用秦岭和渭河的灵气养育的聪明女人，他与他心爱的女人一起渡过了三十六年的幸福生活。继母用她的人生智慧濡养父亲的心灵，以勤劳果敢同他一起面对人生的困难。父亲在他挚爱的女人怀里幸福地闭上了双眼。

父亲辞世十二年后，继母于2002年10月14日仙逝，享年八十二岁。这个个性坚强的女人，与命运抗争了一辈子，她只向自然规律低头。她终生费心费力，对于付出无怨无憾。继母终于在天堂与她忠诚的灵魂伴侣相会了。

诗歌卷

北方记忆——麦香

在所有的植物中
小麦是最值得歌颂的

作为种子
它的形状是内敛的
它的味道是清纯的
有一种淡淡的幽香
在农人的吆喝与耕牛的鼓励中
在耧铃的滴答声里
它顺从地进入土地

不久
白色的嫩芽探出头来
紧接着叶苗开始变成鹅黄
在太阳和氧气的呵护下
它们又呈现绿色
冬天，叶子虽然停止发育
但根须在地下继续努力

它们一直朝下 生长

春天来了
分蘖过的麦苗拼命向上
蓬勃的绿旗高举
浑身散发着芬芳的清香
它们拼命拔节
萱白的秸杆渐次显现

五月，熏风来自南方
大地母亲为它们匆忙换妆
它们齐刷刷的抽穗
为籽粒备好孕床
为了保卫即将成熟的果实
头顶长出细嫩的锋芒

接着，小麦扬花了
蝴蝶和蜜蜂在田野上飞舞
但它们都看不到花朵
只有乳白色的璎珞在麦穗上绽放

小满将临
小麦开始灌浆
太阳，水分和养料
都尽力为它帮忙
紧接着

叶子和秸秆由绿变黄
原来绿色的波涛
变成了黄色的海洋

农人站在田埂上
他们闻到了麦子的清香
尽管这时候
去年产的小麦已经告罄
全家人吃着仅剩的粗粮
人们已经平整好了场地
准备好了镰刀
他们忍受着白馍的诱惑
止不住吞咽口水
但却摩拳擦掌
准备在六月大干一场

似乎在一夜间
小麦成熟了
此时，你站在高处眺望
万亩麦田高举起它保卫丰收的锋芒

质朴的小麦
并不保守秘密
它们向天宇坦露丰收
向辛勤的农人们通报成熟
更具诱惑力的是

它们散发着浓浓的麦香
那是一种怎样的香呀
它沁人心脾
是大地母亲献出的乳香
它惊心动魄
是农人闻到最浓烈的香
它铺天盖地
是宇宙赐予人类的香
它酽醉浓烈
是勤劳汗水铸就的香

秋风中的杜甫

冷雨
秋风
把一团茅草悬在半空
竹林外
几个抱茅的顽童
池塘边
一个倚杖的老翁
蜀中的秋天呀
你给老年诗圣
出了一道多么难解的方程

想当初
你把云想衣裳花想容的艳丽
以及蜀道的艰险
一起推给太白
把玄宗与贵妃的缱绻
遗给乐天
而你

茅屋為秋風所破歌

一个乱世的小官
却苦苦在秦豫古道上
追踪那三个官吏
寻找那三场离别

你不管
左拾遗是个什么官
工部员外郎又是什么衔
咸阳桥上辚辚的兵车
使你预感到了民族的苦难
边庭战士横流的血水
化成了你铿锵的诗篇

面对江南秋风
你身着破衣烂衫
六年离乱
何处是乡关
陕西少陵
河南巩县
流浪，流浪
只有天才
才能成为乱世的宠儿
在惊天的浪涛里
你高扬起生命的风帆

李白出蜀

五岁诵六甲
刚启蒙的少年
有着铁杵磨成针的人生期许
十五好剑术
只是为了
闯荡江湖时游刃有余

喝涪江水长大的青年
要把对故乡的感恩
移植到长江与黄河
青莲乡在暗自垂泪
它无法阻止这壮怀激烈的赤子
只能眼巴巴地看着他
辞别双亲
绝尘而去
故乡于他
顷刻间成了永恒的记忆

只有异乡的那一片月光
才能偶尔牵出他一缕思念的阵疼

蜀道虽难
但潇洒的男子出蜀并不难
难的是归蜀
李姓诗人是一支难以回头的箭
他独自仗剑而出
只为人生杀出一条血路

貂　婵

只见寒光一闪
飞戟利刃直刺丞相的喉咙
董卓一声惨叫
鲜血玷污了东汉的皇宫

此前
失败的刺客
窜逃的曹孟德惊魂未定
讨董的十八路诸侯
以及在虎牢关前
和吕布交战的刘关张弟兄
也刚刚收兵
擅权误国的董卓
使多少武将忧心忡忡
使多少文臣竭虑殚精
而你
一个司徒府中的丫环
柔弱的巾帼女兵

只须运用一双媚眼
便让祸国之贼命殒皇城

但
汉德已弱
气脉衰微
此时
老练的曹操锋芒未露
司马懿还在苦读书经
东吴孙权还未准备加冕
孔明无事，高卧隆中
虽然
王司徒的连环妙计
使你付出了巨大的牺牲
却挽救不了暮年的王朝
东汉寿限已到
神州大地上
已响起
魏蜀吴强劲的脚步声

貂婵
你去了何处
是在长安的道观中听着晨钟暮鼓
还是在洛阳的仙庵里伴着黄卷青灯
我翻完了一部三国
还是觅不到你的芳踪

苏轼种田

这是一片属于苏家的土地
周边环绕着江南的山水
团练副使正在扶犁耕耘
他一边吆牛，一边歌唱
土地为了丰收
正张开有力的毛孔
即使再外行的农人
也不会拒绝丰收
元丰五年真是一个好年景
苏轼收获的绝不仅仅是食粮
在此时
北宋的江山
被浓缩在黄州一隅
惊涛拍岸的赤壁下
更像是一片文学的海滩
词与赋的珍珠
正从苏轼的脚下一跃而起
冲向艺术的银河

禹凿龙门

一只脚屹立在火焰山峦
一只脚踩定黄龙之巅
背后是白茫茫的大水
共工发怒，洪波漫延
长鲸腾跃，水柱接天
巨鳄争食，人陷鳖渊
前方是无际的黄土高原
风沙肆虐，虎豹乱窜
大地龟裂，猛犸无水源
贫苦百姓，啼饥号寒
而此时
东海欲干
鱼儿以沫相濡
大禹呀
你面对的
不仅仅是舜帝的重托
以及亿万焦渴的双眼
还有父亲鲧由于治水失败

而深深的遗憾

一把擎天巨斧
在晋陕高原上高高举起
刹那间电闪雷鸣
宇宙为之震憾
只见龙门山巨石飞溅
九州为之痉挛
阻水之山冲天而起
打破了女娲刚补好的天
巨浪如同一把出鞘利刃
在黄土高原削出一道天堑
并迎面劈开了中条与华山
大水昂首东去
渤海为之狂欢
从此
鲸归鱼跃
大海升平
江河归顺
人民康安
我来了
我是水之神
我是尧天舜日的忠诚卫士
我是夏禹

广陵散

一个精于弹琴的人
竟然更热爱打铁

为了赶制南村老农的几件农具
嵇康在铁匠铺里挥汗如雨
炉火的返光在他脸上舞蹈
烟尘粘满了眼睫毛
向秀的大锤激越
嵇康的小锤悠扬
仿佛在按着另一种宫商

因为打铁
他疏远了老友山涛
他怠慢了钟会的来访
他写下的两封绝交书
更引起了司马昭的猜忌之想

现在

你虽然衣履光鲜
尽显龙章凤质
但走进的却是刑场
只不过你想把刑场变琴场

尽管观刑的洛阳庶民们怒发如戟
三千名太学学子哭声入云
但司马昭无意收回成命
他要用你的人头
为短命的西晋王朝揭幕

你把儿子托付给了山涛
打铁的事情交给了向秀
只有这一把瑶琴
你过于钟爱，无法托付
只好在这告别人世前
把你的拿手绝活《广陵散》
再弹一曲

骤然间
七弦贲张
乐音齐鸣
琴声中
只见聂政以血沃面
他掀盒取剑用力刺向韩侯
而嵇康呀

你此时把琴声当剑声
意欲刺向何人

李贺寻诗

时空遂道中
传出一曲箜篌
它虽然带着唐朝的铜锈
却能使现代的江河不流
清秋月夜中
仙音缥缈凤凰叫
声调激越香兰笑
风樯阵马瘦蛟舞
石破天惊女娲呼

我看到
在京洛之间的古道上
一个消瘦的书生
正在苦苦寻觅
他一边东张西望
一边苦思冥想
前边
小奚奴牵着

一头距驴
一个旧锦囊
在驴背上闪闪发光
只见
李贺随手一扬
坚硬的诗句
一个个被抛进囊中
它们
拥挤碰撞
甚至
磨破了瘦驴的脊梁

到晚间
书童从锦囊中
倒出一堆
语言的富矿
只见
瓦棺篆鼎
春意盎盎
云烟锦联
金碧辉煌

谁知到后来
二十七岁的李贺
却被洛河这一湾弱水
困在洛阳

而此时
在长安听颖师弹琴的韩愈
泪湿衣衫悲雨滂滂
听罢商妇琵琶的白乐天
正苦吟在浔阳江
李太白为了捉住天上的月亮
依然在采石江苦苦泅渡
而杜甫的一叶孤舟
也被郴水的大潮阻在耒阳
啊
唐朝的诗人
全都被水困住了
无论是洛水
还是采石江
是耒阳
还是洛阳
谁还有心思去听那
五彩的华章
鼓乐已停
动人的霓裳羽衣曲
凝滞在二十三弦上
李贺的箜篌
再也拨不动这
早逝的悲伤

梵高：燃烧的灵魂

砰
一声枪响
在巴黎郊外
奥维小镇旁
金黄色的麦田里
一个高大的身躯
渐次陷落
时间是 1890 年 2 月 27 日
从此
太阳之子——梵高
结束与自然的对峙
融入浩瀚的宇宙

梵高
你不喜欢故土荷兰
秀气娇柔的郁金香
却热爱法国南部
花序奔放的向日葵

一到阿罗
你满腔的才气夺罅而出
你喜欢向日葵
喜欢它周遭用金黄的流苏互相辐射
喜欢它润圆的桔面丰满充沛
喜欢它坚强的绿茎伟岸挺拔
喜欢它只向太阳低头
只听太阳引导
喜欢它富有泥土气息
象征农民精神

求婚遭拒
你把自己的右耳割掉
送给风流女人
因贫困雇不起模特
甚至终生未娶
但因有个好弟弟
而不孤寂
652 封信
竟然写给同一个人
弟弟西奥
西奥弟弟
你交给他
652 颗滚烫的心
而每月寄给你的
绝不仅是购买绘画材料的钱

而是
他把同样的生命能量
传递给你
因此
你死后半年
弟弟也忧郁而死
23 年后
弟媳将西奥在荷兰的遗骨
也安葬在你的墓园里
从此
兄弟二人
永不分离

你从传统走向创造
从摹仿自然到融入自然
由一个信仰宗教的信徒
变为艺术的殉道者
把 37 年的生命
转化成
900 张油画
和 1100 张素描

你从黄色中寻找韵致
释放它独特的炽热精灵
从拉马广场租来的黄房子
到滚滚的黄色麦浪

从乳黄色的灯晕
到黄荧荧的烛光
从黄艳艳的向日葵
到黄腾腾的太阳
你谱就了
一部
黄色大合唱

虽然孤独
却热爱人生
生性坦诚
却终生贫困
你留给世界的画作
已远远不能用金钱衡量
你赠与全人类
取之不竭的精神力量

现在
我向时空隧道回望
就在巴黎郊外
奥维小镇旁
麦子即将成熟
麦粒正在灌浆
它乳黄色的肚皮发亮
麦穗犹如幼蜂拥挤的蜂房
淡黄色的秸杆挺拔

它中空而又坚强
麦芒如戟
泛起满眼鹅黄
熏风南来
摇曳着千顷麦浪
我仿佛
听见你
黄色的鼾声
舒缓而悠长
一百年前
那枪声响处
幻化成
一片金黄

湖与山

七彩盐湖
你是中条山身上珍贵的镶嵌
七彩只在夏日出现
那时大山披着一袭拖地的长裙

夏末初秋只见山峰将肩头一抖
鲜艳的颜色便爬上山坡
成了凤凰谷里烂漫的野花
七彩变成吉祥鸟身上绚丽的羽毛
待到深秋
你又摇身一变
成为满山坡上斑驳耀眼的红叶

盐湖呀
你在与身旁的千峰秀色媲美吗
七彩原为卤水所为
为了报答中条山忠诚的护卫
你为它献出你千年的精酿

故乡的桃花

草根在泥土中刚刚萌动
巢穴中的蜜蜂才开始苏醒
苹果树还未抽出嫩芽
梨树的花蕾还害羞地隐藏着
而你却不要绿叶的陪伴
大胆地开放了

但桃花
你可知在此时
小燕子才开始筑巢
蝴蝶也未曾羽化
你是故乡田野上的第一个舞者
为自然母亲献出第一袭霞帔
你感恩勤劳的人民
感恩春雨润物细无声
感恩这神奇的土地
感恩这三月的熏风
桃花

你是无双艳
一开放便倾国倾城
你晨起含晓露
春霖初沐你也学梨花带雨浓
绽放的欲望在田野上滚动
报答的灵魂蛰伏了一个隆冬

虽不是开在唐苑、武陵
平凡的土地上你照样一脸娇容
但桃花呀
我不是隔年的崔护
更不想当前度的刘郎
你有意娇春态
冲破雨蔚霞蒸
难道
仅仅是为了
映衬故乡的姐妹们
面如傅粉，齿白唇红

春　雨

不是雨水
而是甘霖
淋湿了原本干燥的三月
滋润着农人丰收的希望
淋湿了田鼠巢穴上方的麦苗
让根须给蛰居者打个电话
淋湿了挂在房上的蜘蛛网
让巧夺天工的捕获器上挂满勇敢的水珠
淋湿了河边柳树鹅黄色的枝条
为黄莺的歌声催生绿色的波浪
淋湿了恋人间的呢喃细雨
让它们变得柔软绵长

地铁上的歌手

车门洞开
你随着人流涌入
手里握着
几张一元钞票
随之
嘹亮的歌声骤起
你迈开双腿
如入无人之境
在腿与腿之间穿梭
你下肢变形
双脚上翻
但却阻止不了双足前进
它依然是那样有力刚劲
我以为你会像其他乞讨者一样
向人们伸手
而你却
心高气傲
目不旁观

手中的一元券
仿佛不是你的广告
而是惜售的一种紧缺商品
你既不点头
也不哈腰
只对赐币者淡淡一笑
面对如此密集的人群
你义无反顾
旁若无人
仿佛行走在一个必胜的战壕
又如同一个远古的歌者
在这奔驰在地下的钢铁长龙上
高歌长啸

李白醉草

杨国忠磨好了一池御墨
高力士脱掉了一双朝靴
杨玉环刚捧起玉砚
唐玄宗手端一碗醒酒的热汤
在醉眼朦胧中
李太白
悬笔
蘸墨
运腕
凝神
霎那间
只见唐朝的御纸上
雏燕翻飞
蝌蚪乱撞
一封答番书飘满墨香
吓坏了番邦的来使
惊呆了两厢的文臣武将
喜煞了悬着心的玄宗皇上

乐坏了捧砚的贵妃娘娘
唐玄宗的赏字还未出口
太白将辞职书连忙呈上
朝靴未穿
墨渍未洗
他逃离金銮殿走得好匆忙
骑了等在长安东门外的一头蹇驴
迎风拨雾，直奔洛阳
他在驴上想
在长安的酒楼中
还有几宗酒账
在几家豪门里
遗有几篇未写完的诗章

御手调羹算不了什么
只是觉得对不起贺知章
再不愿弯腰低眉
再不愿应诏制章
只想去喝宣城记叟的好酒
去听一听汪伦的歌唱
见一见久别的妻儿
杜甫和高适还等在洛阳
长安好似樊笼
险些把老友忘光
转眼间
竹溪六逸

不见了五个
酒中八仙
醉倒了七人
只有太白喝得最多
却未醉
暂将大鹏之翅
缩在驴背
只听得驴蹄声急
好一个笼鸟急投林

黄河大铁牛

毛发倒竖
双眼圆睁
四足运力
铁锚飞鸣
仿佛那长长的铁链上
仍紧系着千艘船艇
蒲津浮桥
在宽阔的河面上咯吱有声
而此刻
李隆基威严的仪仗
好像正在缓缓走向河东
杨玉环摇曳的裙袂
戏弄着劲吹的河风

铁牛
你维系的
岂止是一座浮桥
前方

是繁华的长安帝京
身后
是李姓王室的太原故地
中京蒲州在你身旁喧闹
你静卧在它辐辏云集的西郊

春汛初解
流澌峥嵘
冬冰未合
凌似游龙
岁月悠悠
改变不了你长久的仰望
你害怕
一不小心
就会陷落一个盛世
但你却不知
那繁盛的开元
只经历了二十九个春夏秋冬
虽然至今
科学仍解不了你的谜团
落后的农耕文明
竟然孕育了你如此庞大的母范
即便有
祝融理炉
飞廉煽炭
但是

如何熔铁
怎样铸造
在遥远的一千二百多年前
一道道技术壁垒
是如何逐一破解
河水
东来又西去
河床
高升再高升
一眨眼
你们竟然在地下
蛰伏了一千个隆冬
可知在你们的头上
已掠过了无数个王朝的背影
猛然被惊醒
蒲州城西门的瓮城中
泥沙已代替了守城的士兵
而城中的钟楼上
那报更的钟声早已停鸣
挖掘
出土
升高
虽然偶立彼岸的四头铁牛
仍然在河滩的泥沙中沉睡
现代科技
却使你们重新望见了汹涌的河潮

现在
四个焦急的牧人
先牵
回叱
都指挥不动你们了
四头铁牛
从此要站起身来
你们
竖起犄角
昂首长啸
抖掉一千年前的灰尘
呼出胸中自唐朝郁积的一口长气
然后与游人一起
拍照拍照拍照……

故　乡

故乡
你是黎明枝头鸟雀们的婉转和鸣
你是夜晚草丛中昆虫们的低吟浅唱
你是少年离家老大不归儿女们的初恋
你是慈母手中紧针密线精补细缀的游子衣裳
故乡
我永远是你长不大的儿女
自从你聆听了我第一声嘹亮的啼哭
我的脐带便永远连接在你宽敞的母腹
靠着你源源不断的乳汁哺育
我的生命之树才能如此茂盛硕郁
故乡
当秋风如管风琴掠走一树黄叶
你才肯歇息你疲惫的良田
是你那黄土地不尽的恩赐
才养育了我今天强壮的魂魄
啊，故乡
只有你才能使我

长满胡须的脸泪流满面
你却用慈祥的风将它吹干
你低头沉默不语
我四顾茫然无声
但，我知道
尽管你表面上声色不动
胸中却涌动着绵长的亲情
你永远是一个慈祥的父亲
沉默不语是你最好的回应

来　年

探出我头顶的第一根白发
你不是衰老射出的箭簇
而是智慧之羽，性灵之花
爬上我额角的头两道皱纹
你不是岁月犁出的沟壑
而是播种之浅穴，收获之微痂
来年，你不像过去那样
令人吞嚼回忆的苦瓜
也不像未来那样
引人烟思浩渺幻影无涯
你既代表耕耘，也代表收获
既代表秋之果，也代表春之花
来年，你是一个多么强烈的诱惑
你是一朵多么娇艳的奇葩
让我们接受你的祝福
去开启智慧的一道道闸阀

中条山

一

中条山
你是一条秀丽的山
早春二月
东风轻抚你起伏的山脊
春雨点点
惹得你连衣裙上野花欲绽
白云飘拂流连往返
仿佛想遮住你美丽的容颜

二

中条山
你是一条富饶的山
冬晨夏夕
你身披霓裳头顶艳冠
春日荡漾照出了
绿茵满坡百花竞艳

金风乍起摇曳着
柿红梨黄百果满园

三

中条山
你是一条雄伟的山
头枕太行尾扫西岳
多像一条巨蟒盘垣
白昼千里同蒲为你长鸣报点
入夜九曲黄河为你奏乐催眠
数九隆冬寒风凛冽
你胸中仍鼓荡着温暖的春天

四

中条山
你是一条狭长的山
绵亘五百里
前后有人烟
休看夏日骄阳
忽而风云骤至
奇峰异巅
擎起千条电剑
东沟西谷
滚出万鼙惊雷

莫道泥沙俱下
休想搅混鱼龙
啊！中条山
你为五千年文明
献出了多少文忠武勇
虽然显示在地质图上
矿脉有点贫瘠。
但我知道
你今后想奉献给人们的
绝不止是盐和铜
你还要给新时代哺育出
无数的关云长、司马光、柳河东……

峨嵋岭

一

我站在中国地图旁
啊！峨嵋岭
你不过是华北平原上一个
没标名称不显眼的小土梁
但是谁敢否认
你曾亲眼目睹过人猿揖别的壮烈景象
古脊椎动物的化石至今
还在你的覆盖中沉睡
它们不管你经历了几多荣枯
告别了几多洪荒

二

尽管你资历深远饱经沧桑
历史老人对你却有一副硬心肠
啊！峨嵋岭
忠心朴实并未换来任何赐赏
不是吗

就在你的身旁
大禹凿开龙门，引走了漫天洪水
却留下一片终年龟裂的肥田沃壤
二郎担山赶太阳
小憩在你的胸膛
鞋子里倒出两撮汗土
大小嶷山多像你干瘪的乳房
从担子里滚出了两块石灰岩
遗弃下这寂寞的孤峰和稷王
鲁班挥动神斧
构筑飞云楼
却未能止住云跑雨往
使你直至昨天还干渴难忍怒火满腔
每当夏雨勃发
从你那无数条沟壑中
滚出浑浊的泪滴，
才引起黄河的叹息汾水的向往
但直至今日它们还是那样毫不留情地
夹裹着你身上宝贵的泥土
昂首东南一泻而去
浊流滚滚野马无缰

三

但峨嵋岭为什么
你忠诚的儿女们

千百年仍在你贫瘠的怀抱里躬耕繁衍休息生养
因为你不惧怕中条山的高与险
甘心为黄土高原放哨站岗
你不羡慕太行吕梁的宽与厚
默默无闻的小草也有它自身的芳香
你不嫉妒汾水黄河的风流艳丽
安心在它们的肘弯里操劳奔忙

四

乾坤旋转龙凤呈祥
一夜间降生了多少大禹、鲁班和天神二郎
啊！峨嵋岭
你今天才肯向我倾诉衷肠
是新禹王驾黄龙甘雨润芳
才使你乳汁四溢百花齐香
一别那蒿草不生干尘千丈
迎来了千绿竞发遍地米粮仓
新鲁班巧夺天工修造忙
才有这琼楼玉宇仙境天堂
新二郎担山填壑力无比
抹平了你一脸皱纹浑身创伤
才让你珠光宝气春意盎
雍容华贵四季新衣裳

果乡花事

阳光呼唤着蛰伏的生命
春风把万树的花蕾摇醒
新媳妇手拿一把疏花剪
来到自家果园中
素衣舞倩影
剪起落残红
树南，树北
树西，树东
只剩下树梢上
繁花似锦傲苍穹

哟！都来看呀
新媳妇上了树顶
最早发现的
是一个吹笛的牧童
谁知一瞬间
一条红纱巾
罩住了灿若桃花的面容

夜晚在台灯下
她铺笺拈笔
向在外打工的爱人
诉一诉离别情
信中说
你在家中的心上人儿
比杏花艳
比果花香
比梨花白
比桃花红
若要问
谁能作证
请找咱家果园里
那飞来飞去的小蜜蜂

醉 秋

秋雨
一盅又一盅
灌醉了农家小院
灌醉了乡村市井
灌醉了田园阡陌
灌醉了故乡的山山岭岭

院子里，檐下的辣椒串醉得红彤彤
廊柱上一大围玉米棒子醉得黄澄澄
黄豆绿豆醉破了粮食瓮
棚架上的棉花被秋阳晒得白生生
村道上
三轮车的响声如同铿锵的行酒令
开车人顺着秋风一声吆喝
收苹果哩
喊醉了忙碌的大婶
听乐了劳累了一年的果农

园子里，石榴醉得裂开了嘴

梨枣的面庞醉成了关公
只有苹果姑娘最怕羞
躲在果叶下一脸酡红

秋雨
一盅又一盅

为韩石山父亲追悼会而作

中条山上紫霞飞，
洞宾乘风下峨嵋。
精卫有情衔微木，
杜鹃无声泣血云。
纸幡嚎啕催热雨，
铜鼓砰訇释冰琴。
嗣业有成身仙逝，
常使亲朋泪满襟。

黄河夏雨

莽莽高原
滔滔长河
风骤云喋
看雨帷密罩
惊雷撼野
阴霾聚处
电剑初歇
川泊明镜
岭眠雾屏
万顷波涛从天曳
狂潮泻
催泥沙奔涌
崖岸频跌

黄水匆忙急切
观浊浪排空衔霄接
悟岁月如流
心江未泻
韶光飞逝

肝胆常裂
东海呼鱼
西薮伏鳖
游才不济情未灭
勿徘徊
看锦霞万里
始献诚洁

河东五咏

蒲州古城遗址

古之噤喉蒲州城，
盛唐时节为中京。
黄河北来气势雄，
太华南倚地自灵。
控据关河扼秦晋，
山川会要望关中。
开元气象今安在，
龙腾虎跃看河东。

鹳雀楼

蒲州古城建新楼，
惊飞鹳雀未能留。
白日观景懒入山，
黄河依恋不愿流。
游人远望三千里，
何必再上一层求。
之涣归来叹观止，

提笔不敢赋新楼。

解州关帝庙

银湖西闻战鼓声，
关庙矗立解州城。
为送两嫂闯五关，
义奠三分斩六雄。
赤兔宝马嘶秋风，
青龙偃月架上鸣。
倘使英雄生今世，
横刀立马新征程。

后土祠

汉帝当年诗魄飞，
赋留汾阴烁古今。
诗耀长河九万里，
碑传天涯四海邻。
秋风习习熏睢上，
后土泱泱育万人。
莫道帝王祭圣母，
如今拜者是平民。

永乐宫

九峰山上紫云生，
吕仙驾鹤落魏城。
壁画众仙竞起舞，
前宫后殿赛峥嵘。
果香山南八百里，
民富古魏展新容。
八仙停舟不渡海，
欲在此地度余生。

临猗五咏

杜甫游郇瑕

诗圣当年方弱冠，
北望郇瑕气如山。
大河挡道何所惧，
太行中条走泥丸。
猗顿故里文章多，
吟唱酬答美名传。
杜工部中好诗歌，
常令今人忆当年。

作义中学

将军当年英气生，
血战涿州有威名。
八年抗战建奇功，
日寇胆丧因闻风。
身后庇荫众学子，
校建桑梓育稚童。
黄河岸边书声朗，

乡人追念傅先生。

猗顿墓

敢学陶朱领人先，
致富先寻桃花园。
令狐古地风光好，
能牧五畜代耕田。
若有闲暇再经商，
周游列国去贩盐。
试看如今猗氏人，
争奔小康永向前。

临晋即景

桑泉本是一古城，
文化积淀传美名。
巍巍文庙矗衙东，
元代大堂换新容。
采桑晨曲居城中，
千年古柏绿茸茸。
更有钟楼筑始成，
洪声催动新长征。

木罂古渡

高祖当年发大军，
派遣齐王攻魏郡。
千古奇谋木罂渡，
天降英才惊鬼神。
淮阴智慧荫古今，
小北干流现青春。
吴王古渡春色美，
旅游开发浪催人。

春日黄河行

春妆艳丽水边行，波涛浩淼景无穷。攀崖越壑羊肠道，踏岸涉滩逍遥程。

沟坡荒甸花竞芳，崖巅枝头鸟争鸣。渗水汇泊泓如酣，漩涡阻波荡回声。顺水泥沙随涛走，顶风船只劈浪行。死沟浑液蝌蚪泳，汹涛怒浪健鱼冲。

草衬春花景加媚，鸟鸣水天意更浓。心旷神怡寻新赏，远帆召我登孤峰。恰似飘游临仙境，宛如置身彩画中。江山多娇何人绣，谁与农家争此功？

绒壤兄妹忙点种，畦边父子垒田埂。荒坡复有垦荒壮，谷底时起吆牛声。崖头执鞭牧羊稚，茵坡荷锄采药翁。林中树下觅薪女，近水滩涂刈草童。

我欲止步寻游侣，顾盼无击愧无穷。田家欢乐非坐等，丰衣足食汗垂成。

华山二首

一

头罩白纱随风悠，
胸出甘乳逐势流。
山田竞现天牛走，
雾障难隐神农锄。
采矿机架千秋岭，
高压线越万古幽。
若欲登臂观屏后，
自有阶梯耕夫筹。

二

环腰幼松稚姿生，
峭壁老柏俊郁容。
凌空翱翔千声鸟，
谷壑泳游万状虫。
日照溪旁洗妇影，
风送坡间牧童鸣。

为此风光叹未止，
快车已抵渭南城。

雪后初晴

日映白雪犹鳞闪，
风拂秃枝滴翼丸。
老鸡缩首鸣声咽，
麻雀唧喳觅食难。
穹宇苍茫百里霭，
庶野银波千顷绵。
暖流当融此乳水，
孕育明岁麦浪翻。

旅　途

早虑只盼汽笛号，
乘后倚窗尽眼眺。
带病远涉蜿蜒道，
荷伤高登晃悠桥。
车登陡坡碧溪笑，
道傍渭水华山跑。
旅途耳沸百声闹，
到站眼涌千人潮。

风陵浮桥

眼映波涛汹涌奔，
心潮付浪冲天云。
嵌铭千秋民族恨，
激扬万古英雄春。
长峡难容庶民泪，
高浪何荡故国尘。
银流今润沧桑地，
万里长流福音回。

公　园

风撼落叶
寒秋渐深
石拱桥峰
视木植蔽中
情偶相对
花簇草丛
蹒跚游人
高登静丘
远观恬水
消磨多少好光阴
谁曾思
送岁月此去
何处觅寻

念此庸人疚愧
二十载晨机无翼飞
忆寒窗萤火
孜孜苦读

稚笔触处
尽致风雷
年月流逝
庶几飘存
辄思少作付流云
看今日
须重发朝奋
涤尽前尘

田间小景

“知了……”
从犁田人的衣袋中
飞出一声蝉鸣

蓦地——
正撒化肥的妻子
睁大了诧异的眼睛

但她即刻悟出了
他此举绝不仅是为让孩子高兴
新日子一改丈夫往昔的愁容

蝉儿呀，我感谢你
你这夏天的歌手
给农人带来了扑面的春风

父 亲

一

父亲，你是附着在故乡土地上的一片苔藓
你是蠕动在乡村田野上的一团地衣
粪土是你眼中堆积的黄金
沃野是你胸中膨胀的酵母
厚茧是土地赐给你的勋章
土布衣衫是你对丰收顶礼膜拜的礼服

二

记得赶集归来
你领口上插着一根捡来的木棍条
母亲要把它投入炉灶
你却说作鞭杆倒是一根好材料
啊！父亲
掠过你颈上的岂止是一道鞭影
一个沉重的十字架挂在它的末梢

三

我想起了——

母亲那两付草药

因病愈准备扔掉

你却用砂锅熬呀熬……

无病服药把苦涩全咽掉

你喝的不是苦水

是物质对精神的嘲笑

志愿者

从唐山郊外的田野上
从山东农村的果园里
从繁华都市的社区
从边陲小镇的街头
他们来了
他们没有接到命令
他们不考虑报酬
他们放下手中的锄头
他们关掉正在营业的门店
甚至来不及告知自己的家人
他们自费购置了方便面和矿泉水
他们怀揣着家中仅有的钱
有的开着自己的车
有的合驾一辆三轮车
有的坐火车
有的乘飞机
有的不断换乘出租车
有的徒步行走

来了
来了
来了
他们尽一切努力
以尽早赶到救灾的现场
从得到消息的那一刻起
他们便抛弃了原有的一切身份
他们有一个共同的响亮的名字
——志愿者

也许有人会说
他们想要救助别人
同时也想救赎自己的灵魂
但他们说
是地震使他们的灵魂升华
救助灾区人民
不但是他们的责任
而且是他们的权利
如果你还不了解
今天的中国人
你还可以
到任何一个人头攒动的采血点
到任何一个井然有序的捐款箱旁
去寻找答案
人们
一定会同声回答

这就是
我们
当代
大写的
中国人

雨夜攀登

蜀道难，难于上青天——题记

暴雨
狂风
电闪
雷鸣
一个将军
领着百余名士兵
在漆黑的山路上
苦苦攀登

雨雾是硝烟滚滚
雷电是炮弹飞鸣
呼救声是紧急的号令
敌人是正在塌陷的山峰

战士没拿冲锋枪
将军未带望远镜

他们进行的
是另一种战争

攀登，攀登
无数兄弟姐妹
和勤劳朴实的父兄
正在困境中等待
等待当代最可爱的亲人
等待英勇顽强的子弟兵

李白与杜甫

一

我不敢久看
唐诗的星空
害怕双眼
被灿烂的河汉刺痛
只能在盛唐文化的群山下
仰望那两座高峰

二

一个是神鹰瞥汉
一个是骏马绝尘
一个气高华
一个意深沉
一个承先
一个启后
一个心旷达
一个才情俊

一个善绝
一个擅律
一个高华并驾
一个巨细杂陈
一个啸傲御座，沉湎至尊
一个直面社会，体恤庶民
一个冠盖辉煌，千峰罗列
一个旌旗飞动，汪洋万汇

三

啊！李杜
尽管过了一千二百多年
长安和洛阳
仍然响彻着你们
吟哦唐诗的声韵
秦豫古道上
仍回荡着你们
离开长安那焦急的足音
采石江和郴水
也依然起伏奔涌
那是你们
万年不息的
响亮鼾声
如歌相随

诽谤的火焰

一

1600 年 2 月 1 7 日
在意大利
在罗马
在失去芬芳的鲜花广场上
在高耸的火刑架上
布鲁诺凛然屹立，凝视前方

二

而此时
在宗教裁判所里
乱成一团的法官们
浑身发软，四肢冰凉
他们不相信物质在转换
也不相信宇宙的无限
他们不承认地球围绕太阳转
更害怕地球在旋转

为了维护那摇摇欲坠的“地心说”
他们掩耳盗铃
妄图给地球安装制动盘
为了更久地愚弄民众
他们把布鲁诺视为异端

三

站在高高的火刑架上
布鲁诺
像以往一样
唐突神灵，藐视邪权
他坚信自己的信仰
能够经受住历史的考验
科学绝不能
永远成为神学的婢女
面对即将点燃的愚昧之火
他心情平静，思绪坦然
由于他坚信
进化之树的年轮
永远在逆境中旋转

四

亚平宁山脉在低头致哀
它举木如戟，摇林似浪

弟勒尼安海无风起潮
它波涛起伏，血脉偾张
它们为
意大利母亲
值得骄傲的儿子
为稀世之才
布鲁诺
被诽谤的火焰所吞噬而悲伤

小说卷

乡村民谣

河沿村的怀山老汉自从老伴过世后眼看着儿子和媳妇对自己的态度一年不如一年，但他就是连做梦也想不到儿子竟然给他这个父亲编了一段顺口溜。这消息是内弟文茂告诉他的。

事情起源于村南崖上的八亩责任田。那年春天，父子二人因为种地起了纠纷。怀山老汉要种瓜，儿子丙林要种棉花。后来在文茂的调解下将田地一分为二，父亲种了四亩瓜，儿子种了四亩棉花。丙林无法说服倔强的父亲，对此一直耿耿于怀，这便有了顺口溜事件。

"他胡编了些什么？"怀山老汉问道。坐在炕沿上的文茂不慌不忙有板有眼地念出了那段歌谣：

> 该瞎，该瞎
> 南崖地里种瓜。
> 甜瓜不掐，
> 西瓜不压，
> 刺溜蔓长下了一丈八。
> 南头赶老鸦，
> 北头瓜庵子着火啦……

"停！"怀山制止了正在摇头晃脑念歌谣的文茂，说："总不是你没事干给我瞎编的吧？"文茂在村里的外号叫拐秀才，平常也爱编一些顺口溜。文茂连忙分辩说："我的好姐夫哩，自从大前年我姐因病去世，后来丙林和媳妇又让你另起炉灶自己做饭，你这样孤单可怜，我还有心思开你的玩笑吗？"

怀山这才相信确实是丙林给他编下了顺口溜。他对文茂说："你是他舅，明天你在巷里找着丙林先问一问他为啥要欺侮我。"怀山见家里还有儿媳和小孙子不便马上发火，他让文茂先把事情摇实。其实丙林并非怀山亲生，二十五年前怀山家中只有两个女儿，而文茂的妻子却一连生了三个男孩。两家亲戚一商量，丙林便过继给怀山当了儿子。

第二天早饭后，文茂在巷道里遇见了丙林。他问道："我听人说你给你爸编了一首歌。"丙林一点都不害怕，他说："好舅哩，你也想听吗？你听着：

卖瓜卖到西营马村，

碰上个好女人。

瓜籽吐下一大堆，

瓜钱不见掏一分半分……"

没等丙林念完，文茂翻手向上打了他一个耳光。只见丙林一手捂着脸，一手指着文茂说："打人是犯法行为，现在是法制社会，在法律面前人人平等。认你你就是个舅，不认你你便是个二下旁人。"

丙林的媳妇玉秀也闻讯赶来了，她说："哟，这会儿端起当舅舅的架子了。可别是丈八的灯台照远不照近，光兴你整天在巷里造精捏怪给人胡编，就不能让别人也编上一回？"

文茂的脸都气白了，但他只能在心里暗暗叫苦：看来果真是生儿像种，要不这丙林怎么也爱编顺口溜。这时候，虽然看热闹的人越围越多，但舅舅对于外甥的纪律执行却只能到此为止。

晚上，怀山老汉到文茂家打听白天的情况。文茂把失败的执法过程讲了一遍，两人只好在一起唉声叹气。停了一会儿，文茂忽然对怀山说：“姐夫，办法不是没有，只是看你敢不敢执行。”

“有啥办法？”怀山问道。

“他能给你编，你也能给他编。”

“你是说父子俩互相编口歌，那真是丢人。”

“他年轻人都不怕，你一个老汉还怕丢什么人。你不听他说法律面前人人平等？”

没等怀山点头应允，文茂便马上编了一段顺口溜。

没过几天，河沿村的人又在巷道里听到了一首有关丙林种棉花的顺口溜：

> 该瞎，该瞎，
> 南崖上种棉花，
> 旁枝不打，
> 顶尖不掐，
> 灰条草长过了四尺八。
> 开花时连遭雹子打，
> 摘花时偏逢连阴雨下，
> 白棉花成了黑疙瘩……

那一段时间，河沿村的人到处都议论着怀山父子互编顺口溜的事情。加上小孩子们毫无顾忌地传唱，使父子俩的顺口溜达到了家喻户晓的程度。

丙林和玉秀听到了种棉花的歌诀后也无可奈何，因为有他们编排在先，就阻止不了人家跟随在后。小夫妻二人商量决定：再不敢胡乱编歌了，年轻人的脸面也是要紧的。

初夏的一天晚上，怀山从巷里回到家中已是十点多钟，他发现西厢房儿媳房内仍然灯火通明。老汉慢慢走到窗下一听，隐约听见玉秀轻微的鼾声，他便知道玉秀睡着了，电灯又未拉。昨天晚上儿媳房内便亮了一夜的长明灯。原来父子俩虽说分灶做饭，但家中只安装了一个电表，电费仍由怀山负担。老人住的东厢房中只安装了一个十五瓦的灯泡。丙林近来在县城打工，只有玉秀和小孙子在房里休息。怀山站在院子里思量了半天，最后只得硬着头皮到房子里拉灭了电灯。虽说天气炎热房门未闭，但竹帘的响动还是惊醒了玉秀！她大声问道："谁？"怀山在院里应声说："是我，天天晚上睡觉不拉灯。"

这本是农村家居生活的一件小事，但几天以后，巷里却有风声说怀山老汉鳏居难熬借拉灯想占儿媳的便宜，这消息不知是闲人捏造还是玉秀放风，反正怀山知道后便一口咬定是儿媳给他尿醋。

怀山思前想后气愤难平，便又到文茂家诉委屈。谁知文茂对他说："姐夫，这还是人民内部矛盾，仍用编顺口溜的办法解决。"

"他舅呀，你尽编些顺口溜能解决啥问题？"

"放你的七十二条心，姐夫，不出一年，我要叫丙林和玉秀跪在你面前。"

怀山不知文茂葫芦里装的是什么药，只好看着他坐在桌前摇头晃脑编开了顺口溜。过了几天，巷道里又传唱开了一首新歌谣：

七月里，天气热，
儿媳睡觉灯不灭。
四十瓦，灯泡大，
电表走得沙沙沙。
公公急得不能行，
进到房里找灯绳。
电灯拉灭转身走，
儿媳房中不敢停。

我到房里拉了一下灯，

你给我煽下一股风……

那是丙林从城里打工回来的第二天。玉秀准备好了饭菜，与丙林一起在等放学回家的儿子共同用饭。上小学一年级的孩子名叫开放，他一进家门放下书包，先给父母念起了歌谣：

我到房里拉了一下灯，

你给我煽下一股风。

丙林忙问："你小子是从哪里听来的？"

开放说："在学校听大同学念的。"

丙林口中连说不好，他心里明白又是舅舅编的。原来他昨晚已在巷里风闻此事，只是不相信，他清楚父亲根本不是那一种人。现在丙林与妻子又是一场吵闹，玉秀自知理屈，第一次在丙林面前认了输。

还是那年入冬以后，县城的建筑队停了工，地里也没有什么农活。丙林冬闲无事出门溜达，却在村南的沟边上发现了野兽的足迹，他分析八成是狐狸。河沿村的南边是南峪村，玉秀的娘家便在那个村。丙林的老丈人是这一带有名的猎人，前几年冬天丙林跟随老猎手狩过几冬的猎。

丙林从丈人家里借来了地炮，安装在沟边的小路旁。地炮是一种传统的狩猎工具，它的炮膛里装有火药和铁铸的弹丸，点火机关用细绳牵引，动物一触动绳子，地炮就开火射击。

谁知那一晚家住南峪村的丙林老丈人却连夜来河沿村给小外孙送生日礼物。老猎手嫌走大路远，他仗着多年狩猎对地形的熟悉，沿着沟边的小道朝北走来，误入了女婿给狐狸设下的地炮阵……

待丙林与玉秀听得地炮声响，赶去收获猎物时却发现老猎手倒在血泊中。二人连忙把老人用平车拉回村，叫医生救治，幸好只是腿部中了几颗弹丸，没有酿成大祸。老人在治疗休养三个月后就能下床行走，也没有什么后遗症。

第二年开春后的一天中午，丙林和玉秀在南崖的地里挖树坑，准备种植桃树。恰好在相邻的地块里，文茂也在帮助怀山栽苹果树，这一次怀山老汉还不知情，文茂早就编好了一段顺口溜，现在只听他高声念道：

十月里，天气凉，
地炮偷猎在南冈。
投机爱做发财梦，
夫妻二人睡得香。
忽听地炮一声响！
惊动男人心好慌。
“叫玉秀，快点穿，
不是狐子就是獾。”
赶到沟边眼睛瞪，
地炮旁倒下一个老痴熊。
“丈人叔，你先别哼，
我到村里叫医生。”
狐狸未见一根毛，
家里地里两头跑。
派出所要罚偷猎款，
医药费还要往出掏……

丙林和玉秀在那边一听，直羞得满面通红。小夫妻二人一商量，放下手中的工具，来到这边地里给二位老人赔礼道歉。玉秀的嘴快先说道：“好我的亲舅哩，再不要给你外甥脏摊子了，你外甥给你二老赔不是来了。”

只听文茂说道："其实关于你们的那些顺口溜全是我编的，与你们的父亲毫无关系，我刚才念的那一首还没有在河沿村的巷道出版社出版，就连你爸也没听过，我选择今天在地里说出，其实是先来一番火力侦查，看一看还有没有必要在群众中传开。"

丙林擦了一下额头上冒出的汗水，连忙说："好我的亲舅舅，只要这个顺口溜不传出去，你说咋办都行，让我和玉秀给你二老下跪都行。"

文茂说："一不要你们磕头，二不要你们作揖，我只要求你们以后要和你们爸和睦相处，首先要在一个灶上吃饭，其次再不准给老人乱编顺口溜。"

丙林连忙说："再也不敢编了。"

玉秀也接着说："我今天回家就把我爸的小灶推倒，再就是还有一件事要和舅商量，听说南峪村有一个五十多岁的寡妇，你看是不是先让我爸和人家见一面，如果合适，就给我爸订下来。"

怀山老汉感动得热泪直流，他连连摆手说："不要，不要。"文茂说："这事你们和你们爸商量后再说。"

从此以后，儿子、媳妇和父亲和睦相处，再也没有生出是非来。

狼 怕

齐王村坐落在黄河东岸的黄土高原台地上。村子的东边有一条通往桑泉古城的大道，其余三面均被交错纵横的土沟环绕。这些深深的土沟无一例外都通往村子西边的黄河滩。

在村中主巷道的中间，住着一户姓卫的人家，家中有兄弟二人，兄长名叫大全，那一年十九岁，弟弟小全十七岁。兄弟俩父母早逝，亲人只有一个三十九岁鳏居的哑巴叔父。叔父生性聪慧，他见俩兄弟失去父母更加用心呵护。他不仅帮衬干农活，还下厨做饭。遇到农闲或者雨天，他还要穿针引线，为两兄弟缝缝补补。

三个男人的生活虽然贫穷平淡却和睦快乐。但在一九三六年的春天，却发生了一件惊天大事。

一

大约在两年前，由黄河西岸的黄龙山来了两只狼，它们离开了山上原有的狼群，沿着金水沟一路东行，然后泅渡黄河来到了齐王村南的沟谷中安了家。村里人还给两只狼分别起了外号，公狼叫恶鬼，母狼叫夜叉。初来乍到时由于沟谷与河滩中的小猎物比较充足，而且它们的活动多在晚上，村里人难得一见它们的身影，但后来随着小狼的降生和对环境的逐渐熟悉，它们开始骚扰村民。

就在去年深冬的一个夜晚，正在家中睡觉的大全突然被巷道里发出的凄厉的猪叫声惊醒！他连忙披衣起身到大门外一观究竟，原来是一只狼正向村外赶着邻家的一头肥猪，邻家的猪圈就建在大门外的巷道边上。月光下，只见狼一边咬着猪的耳朵，一边用尾巴拍打猪的屁股。大全返回家中，叫醒了小全，两人分别拿了铁制的农具冲出门外，他们几声大喊，才把狼吓跑。这时猪的主人也出门查看。他十分感谢兄弟俩，并把受到惊吓的猪赶回家中。

此后，齐王村不断受到狼的扰乱。先有邻家兄妹俩在村外受到攻击，哥哥的肩膀被狼抓破；后有磨面妇女的小孩在磨房口被小狼叼移到别处被人救下。

一九三六年初春的一天，吃过早饭后，大全来到村南沟边一块自家的田地里，他要把去年冬天送到地里的农家肥撒开，为播种棉花做准备。干了一会儿活，大全突然发现地头有一只类似狗的小动物，他走近一看，原来是一只小狼。联想到村里最近发生的事儿，他有了为民除害的想法。

小狼开始向他龇牙咧嘴，但后来看到大全步步紧逼，它又企图向沟中逃窜，大全紧赶几步拦住了它的去路，他先用铁锨一扫，打断了小狼的一条后腿，又迅速朝它的腰部连续击打。小狼倒地以后大全又用铁锹紧紧抵住它的脖子，直到小狼咽气为止。

大全打死小狼后继续干活，他未曾料到一场危险正在来临。原来他家田地南边的沟谷中正是狼一家现在的巢穴。小狼的死亡引来了两只恶狼——恶鬼和夜叉。这对狼虽然在沟谷中已经呆了两年多，但齐王村的人很难在白天看到它们。只是近半年来它们的频频扰乱，才逐渐引起村里人的警惕。两只狼结伴在中午出现，是因为大全杀死了它们的孩子。大全发现两只狼眼露凶光，便料到接下来要有一场恶战。恶鬼与夜叉互相用嘴接近对方，这是进攻前的信号。

只见恶鬼向前一窜扑向大全，大全紧握铁锹迎战，他先用铁锹去拍恶鬼的腰部，但被它敏捷地闪开了。大全急于求成，他用铁刃去劈狼的脑袋，这次恶鬼没有逃脱掉，被削去了半只耳朵。这时蹲在一旁观战的母狼夜叉见公狼迟迟不能取胜，它悄悄绕到大全的背后去咬他的屁股。

夜叉虽没有咬伤大全，却把他的裤子拽落了下来。那时农村的经济条件比较艰苦，大全到地里干活只穿着一件土布单裤，不仅里边没有贴身的内裤，就连系裤子的裤带也没有。他只是把宽松的土布裤腰在腰间一挽，这也是当时农村人普遍用的方法。夜叉扯下了大全穿的裤子，不但使他的下半身裸露无遗，而且掉下来的裤子落在了他的一双脚面上，影响了他移动双脚的灵活性，大全的战斗能力瞬间降低。两只恶狼见状，连忙扑上前一阵撕咬，可怜十九岁的大全丧命于狼口。

二

遇此劫难，让家中的小全和哑巴叔万分悲痛。从此，叔侄俩与恶狼有了不共戴天之仇。村里的乡亲们纷纷来到他们的家中看望，大家一致认为要彻底铲除狼害为大全报仇。那时候，小全虽刚满十七岁，但长得人高马大，他完全遗传了父亲强壮的体格和母亲俊秀的面容，平时虽然穿着朴素，却被哑巴叔给拾掇得齐齐整整。小全向乡亲们发下誓言：要与恶狼决一死战。

办完大全丧事的第四天中午，小全和哑巴叔领着村里二十多个青壮年到南沟去捣狼窝。狼窝的准确位置是两年来人们逐渐观测到的：它位于南沟的底部。这条大深沟向东延伸至黄土高原，向西通向黄河滩。沟壁荒坡上有多条羊肠小道通向垣上的村庄和田野。狼把家安在此处，正处于它们狩猎区的中心位置。

小全一行人来到沟底狼窝的出口，这是一个由水流冲出的三角形土洞，人要进入洞口需要弯腰低头。小全和哑巴叔一人手持一把杀猪刀率先入洞，他俩的身后还紧跟着一个二十多岁的青年人，青年手中除了握有一把砍刀外还拿着一个照明用的桅灯。其他人分散在洞外，以防狼向外逃窜。

洞口虽然不大，但进入后却发现可以直立行走。向洞里走了约十多米后，他们便闻到了一种强烈的气味。猛然间走在最前面的小全感觉到两腿间钻进一个毛茸茸的东西，他用胳膊碰了一下紧跟在后边的哑巴叔，叔侄二人一齐用力将那东西紧紧按在地上。后边人上前用桅灯一照，原来往出钻的是一只小狼。三个人用带来的细麻绳将小狼捆住送出洞外，众人一哄而上将小狼处死。

三人重新返回狼窝，他们进入了一个较为宽阔的地方。哑巴叔用桅灯在周围地下察看，仅仅发现一些动物的骨头，并无狼的踪迹。但站立着的小全突然在洞壁上摸到了一个毛茸茸的狼腿！他大喊一声：“狼在壁上‘挂画’！”三个人用杀猪刀朝壁上一阵猛刺乱砍，却没有伤到狼。他们只觉得头上的碎土如雨点般落下。三只狼被发现后奋力攀爬钻进了洞穴深处。原来，狼有一种紧贴在墙壁上用四只脚挂悬的本领，被当地人比喻作“挂画”。小全他们不甘心，三个人用刀子在洞壁上掏脚窝向里边攀爬追寻。进入洞穴后发现土洞的坡度其实并不十分陡峭。土洞较大，人可以直立行走，即使最狭窄处低着头也可以通过。三个人沿着土洞走了很长时间，才找到洞穴的另一个出口，来到离村子不远处的一个圆形土坑中，原来他们所搜索的狼窝其实是一个多年来流水冲出来的长长水道。狡猾的狼沿着这长长的洞穴逃走了。

小全见今天如此结局，便到沟边叫守在沟底洞口的人们全部上来回村。这次捉狼虽然没有逮到大狼，却杀死了一条小狼，人们的心情有所慰藉。

三

被人们从老窝里赶出来以后，恶鬼和夜叉带着仅存的一只小公狼在另一条深沟中又找到了一个窝。第二只小狼被杀后，狼的行为更加放肆，他们连续多次在白天试图袭击在农田中干活的妇女。

那是小满节气过后的一天中午，小麦田已由原来的绿色泛出满目的鹅黄，预示着麦子即将成熟。由于天气炎热，田地里几乎没有人，但在一块苜蓿地里有一个干活的妇女。苜蓿是一种在北方农村可以多次收割的饲草植物。每年在小麦收获前，农人们会将开花的苜蓿割倒晒干，给冬季的牲口贮藏饲草。

苜蓿开着紫色的花朵，吸引着无数的蝴蝶在花的海洋里翻飞舞蹈。正在割苜蓿的妇女穿着一件颜色鲜艳的小红花单袄，头上还顶着一方浅蓝色的手帕。

三只狼两天都没有猎到食物，公狼恶鬼来到麦浪滚滚的田野上碰运气。它发现了正在割苜蓿的妇女后，就从旁边茂密的小麦田里接近苜蓿地，附身在地面上慢慢爬行，在它即将发起攻击的瞬间那妇女却猛然站起回过身来！恶鬼发现它所要攻击的猎物根本不是一个农村妇女，而是一个高大强壮的男子汉——小全。就在它急于返身逃跑的时候，小全早已扔掉了手中的镰刀，只见他一个箭步追上前来，一双强有力的手紧紧攥住了恶鬼的一条后腿。十七岁的小全精神勃发，他血管里涌动着青春的血液，仿佛浑身有着使不完的劲儿。他犹如现代运动场上的一个投掷运动员，把恶鬼拉着在半空中抡了起来！一圈、两圈、三圈，抡到第四圈的时候，小全感到力气有些不济，他便乘着惯性的力量把狼甩了出去。恶鬼被狠狠地摔在了一丈多远的苜蓿地里，溅起的苜宿花升起了一团紫色的花雾。还没等公狼起身逃跑，早已被埋伏在附近的哑巴叔和五个青壮男子用钢叉、铁锨等器物抵住。他们三下五除二，很快就将恶鬼处死，狼尸被扔进了地头的深沟。赶来的母狼夜叉在远处望见了这惨烈的一幕，不敢施救，只能望风而逃。

四

那是一个夏末的中午，齐王村的夏收已经基本结束。由于黄河里涨起了鱼汛，村里的不少人都在河岸边的浅水里捉鱼。

母狼夜叉在好长一段时间的白天不敢再露面，它只是夜里在沟谷和河滩上找一些小猎物充饥。它悉心呵护着仅存的一只小公狼，只怕小狼再受到伤害。

小公狼虽然才刚满两岁，却发育得老大不小了，它的食欲常常得不到满足。那一天它被河滩上的鱼腥味所吸引，趁着母狼夜叉不注意偷偷跑到了河滩上。河边虽然有被水冲上来的鱼，但它刚刚吃了一条，就被河边捉鱼的人们发现了。此时人们手中并没有得力的工具，只是发出阵阵呐喊！小公狼便沿着河岸边向下游逃窜。小全和十多个青年在后边追赶。追了有四五里路程以后，小全回头一看，其他人已经远远地落在了后头，后边的人后来干脆放弃了追赶，只剩小全一人穷追不舍。

人追狼的马拉松赛跑进行了很长的距离。奔跑中间，小狼有几次体力不支想停下休息，都被小全用树枝赶起来重新奔跑。后来小狼已经精疲力尽，但小全仍然不依不饶，直到小狼突然被河水挡住了去路。原来暴涨的黄河河水完全吞没了沙滩，它延伸到了岸边高高的崖根下，而河岸受到水的冲刷不断向下跌落，小公狼回望身后穷追不舍的小全，它没有退路，便不顾一切跳入滚滚奔涌的河流中。小全走到水边观察，发现小狼被河水卷入一个巨大的漩涡中，过了一会儿，他又看到狼尸随着波浪的起伏向下游漂去，小全知道小公狼已经溺亡，这才迈着悠闲的步子回到大家捉鱼的地方。

在那一天的夜里，齐王村的人们听到了母狼夜叉低沉悲伤的叫声，它似乎想听到远在黄河对岸的黄龙山中狼群的回应。它虽然伤心绝望，但面对丧夫失子的结局它又心有不甘，于是开始酝酿一条新的计谋。

五

在齐王村的东边有一个村里最大的池塘，这一年由于雨水较多，池塘里积满了水。紧靠池塘南边，便是村里通向十里外桑泉县城的一条大路，路的南边有一座年久失修的药王庙。县城里每逢农历三、六、九日有集会。

这是一个晴朗的初秋午后，卫小全在桑泉县城的舞台下面看完了一场戏，又在集市上买了一盘凉粉，吃完了从家里自带的两个馒头，便踏上了返村的路程。

小全走到村口的池塘边上放慢了脚步，突然感到他的肩上似乎有人搭上了两只手，他用眼角的余光看到了毛茸茸的动物蹄爪！他迅速回过神来，双手紧紧拉住母狼夜叉的两条前腿，脑袋向下一缩，又很快向上方一挺紧紧抵住母狼的下巴，接着又向路旁的池塘一滚，连人带狼一起跌入十多米深的水中。

原来夜叉一连几天埋伏在大路旁的药王庙后面等待机会。它今天悄悄从后方接近小全，用两条前腿搭在他的双肩上，只待小全回头观看便会咬住他的脖子，却没有料到反而被小全拖入水中被呛了几口水。待它缓过神来，本来紧拉着它的两条前腿的小全已经不见了踪影。因为小全在黄河岸边长大，熟悉水性，潜水是他练就的一项本领。把夜叉拖入池塘后，小全立即把手松开悄悄潜入深水中。夜叉在水中挣扎了几下，又费力游到池塘边上。它在池边观望，并未见到小全的身影。不大一会儿，只见有一个人从池塘对面的水中站了起来。小全顺手抄起水边妇女们用来洗衣裳用的几块青砖，不等夜叉有所反应，四块青砖便如同连发的子弹向它飞来，有一块还击中了它的后腿。母狼夜叉大惊，慌忙跛着腿向南边的田野里逃窜。

待哑巴叔和村人闻讯赶来，只见小全的两条裤管均已被夜叉撕破，湿漉漉的小腿上渗出殷红的鲜血。他被人们扶着送回家中。第二天，有人在河岸边看见孤独的母狼夜叉瘸着一条腿走进黄河中，它向河的西岸游去。村里有人说它还会回来，此去是为了到黄龙山纠集众狼，但大部分人还是认为母狼夜叉因斗不过小全落荒而逃了。

从此以后，齐王村里的人给卫小全起了一个新名字，大家都叫他“狼怕”。这个名字后来在黄河沿岸的各个村子里传开了。

秋田里的守望者

一

一九七四年秋天，西尚庄的秋收秩序全乱套了。“下夜”这个词儿在人们的意识里仿佛有几分勇敢和值得别人羡慕的成份。地里的玉米、谷子、绿豆、棉花还没有完全成熟，就大部分被下夜的人收走了。到后来，集体收获的粮棉勉强能够种籽。生产队也只好把秸杆拉回来给牲口做饲草或分给社员做柴禾。现在，虽然霜降将临，秋收已近尾声，但下夜风仍有扩大之意。因为有人发现村革委会主任的老婆也频频下夜了！这消息是一股具有号召力的潜流，一些本来有所顾忌的人也放开了胆量。现在只有西坡地里待收的一百多亩红薯还像个庄稼地，但又一个新的夜袭龙卷风已经在心照不宣地酝酿之中了。

这是一个深秋的黄昏，有小孩和老年人的农家已经开始烧炕了。在村子西头的一个门洞底下，一个姑娘和一个三十岁左右的女人在低声咕哝着什么。她们是村子里还没动手的两个家庭的成员。只听那女人说道：“傻枝枝呀，还顾得了那许多吗？如今是吃死胆大的，饿死胆小的，再不下手，就一点儿也得不到了。”

“我老是怕！”

“怕什么？有嫂子给你壮胆。今天晚上你睡你的觉，到时候我叫你。”她俩商量好晚上走的路线以及应带的东西甚至被人发现后怎样脱身等等便分手了。

尚百枝离开狗娃家后老半天心还在不住地跳，但离她家那陈旧而清洁的小院落越近，她行动的决心也就越大了。她家的粮食也和别人家一样，是从同一个秤钩上挂下来的。父母和她饭量都不算大，但心眼多的嫂子常常把两个孩子送到分居的父母家里来混伙食。现在她家夏粮的储备已日见其少，而秋粮的分配却日见其渺茫了。不下手怎么办呢？自己吃糠咽菜还勉强可以，但有腿病的父亲和有胃病的母亲怎么办呢？想到这里，百枝不再犹豫了。

二

将近午夜时分，看田人尚二保向西坡的红薯地走来了。这个尚二保虽说与西尚庄的革委会主任尚大保是亲兄弟，但长相却与哥哥大不相同。你看，那先天弯曲的脊椎在他的背上隆起如同一个锅，而且还导致他的右肩高耸如同一块突兀的山石，似乎比那可怜的头顶还要高。因此，二保的脑袋便好像一个悬在危崖上的南瓜。因为那倾斜的双肩，两条胳臂下垂的时候便长短不一，平举的时候高低不齐，因为长相不佳，至今三十多岁还未找下对象。

哼，你别看二保长得难看，但在西尚庄大队里可真是威风八面呀！全大队只有他一个人敢于在干部们开会的时候一抬屁股坐在会议室的桌子上居高临下地发表意见。尽管他不是干部，也只有他一个人敢随时拿起电话筒和公社邮政所的女话务员拉呱几句。尽管他其实无讯可通，不用问，大队每月都要为他支付不少电话费。另外，由于二保平时爱哼唱旧戏《辕门斩子》中的一句唱词：“八千岁进帐来也问此事……”便有人结合他的身份给送了个“八千岁”的外号。

本来看庄稼这活儿轮不到二保来干，因为像他这样年纪凡是结过婚的人一般不愿意干这种活。往年是村里一伙小青年轮流值班，但今年一开始二保就要求干。干部们都知道二保的母亲十分疼爱这个老二，连大保也让着他三分。又觉得给个长期活儿倒也省得他平时胡搅蛮缠，便顺水推舟地应允了。

其实，二保看庄稼并不认真，干部们也不能怎么责备他，加之文革中村里的秩序本来就不好，因此他今年看完了玉米看谷子，看完了谷子又看棉花……虽说连吃败仗，但他毫无愧色，每天傍晚照例如同一位凯旋的将军一抬屁股坐在大队部的办公桌上，向人们发布他的重要新闻："哼，昨天晚上我又逮住了一个贼……"现在，他手里拿着能装四节大号电池的手电筒，悄悄向红薯地走过来。到了地头，二保突然打开手电筒，顺着一道雪白的亮光，他发现了两个人影。

"这两个痴熊，人家把牛偷了，他俩倒来拔桩。"他心里暗暗骂道。因为红薯这庄稼比不得其他，水份多，体积大又不便携带，吃了也不耐饥，而且难于储存。他估计搞红薯的人八成是下手晚了没有捞到其他东西。

"站住！"二保紧握手电筒大喊一声，但人影反而跑得更快了。他舍不得费力气去追赶，立刻装做慌张的声调喊道："不敢乱跑，地里安装地炮着哩！刨几块红薯是小事，不要把命丢了！"这一喊果然灵验，那两人虽然左顾右盼，但脚底却如同生了根动弹不得了。二保不慌不忙地走到二人面前，命令她们把东西带上，他把手电筒装在衣服口袋里，一手拉着一个人向专为看田人搭的小屋走去。

狗娃嫂开始向二保求情："二保哥，都是本村本队的人，抬头不见低头见，咱俩还是老同学，你就高抬贵手，放了我俩吧。"

"哼！叫哥叫得太迟了，你才认识老同学吗？"二保一面回答一面想主意。

到小屋以后，三个人各自出了一口长气，狗娃嫂装做老练的样子一屁股坐在草铺上说："今晚反正落在你八千岁手上了，要杀要剐你看着办吧。"二保这时并不理睬她，他假装在寻找什么东西，却借着手电筒折射回来的光线像一只打了胜仗的狗熊在树洞里得意地欣赏着自己捕获的猎物。百枝站在门口身上直冒汗，心在不住地跳。

过了一会儿二保转过身子对着狗娃嫂问道："你真是第一回下夜吗？"

"我俩都是……"她一句话没说完，便听见二保吼道："我问的是你！"

"第一回，千真万确是第一回。"她连忙说。

"那好，人常说有再一再二，可不能有再三再四，以后再干这事，可别怪我不客气。"说着二保把狗娃嫂竹筐里的红薯往地上一倒，把空竹筐向外一扔，挥挥手叫她走。狗娃嫂拾起竹筐问道："那她……？"

"你就别狗逮老鼠多管闲事了。这女子是个惯偷，不教育好她明天晚上还会来。"二保不耐烦地说。

狗娃嫂还想说什么，却被二保连推带搡赶出好远。这时她听见百枝大声说："嫂子，你先走吧，至多他把我送大队去。"天真的姑娘做了最坏的估计。

送走狗娃嫂，二保返回小屋，只见百枝反倒冷静地坐在草铺上，他心里正纳闷，却听见姑娘开口问他："你说我是惯偷有什么凭证？我今晚倒要闹清楚都是谁把地里的庄稼偷走了。"

"哼，反正贼无赃硬似钢。就算以前没有，那现在还有啥说的？"二保咽了一口唾液进一步问道："你说今晚这事情是明天交大队部处理，还是现在处理。"

“随你的便吧。”姑娘冷冷扔出一句话。

“你的一条出路是进大队进公社带高帽子游街，另一条出路嘛……”

“另一条出路是什么？”百枝急促地问道。她这时才仿佛悟出了几分，但已经晚了！二保猛然把她的两只手抓在一起，从草铺里抽出条细麻绳……

在村口树下等着百枝的狗娃嫂过了一会儿也猛然悟出了事情的危险性！她扔下竹筐，发疯似的向地里跑去。她刚拐过弯，便借着星光看见一个人影，走近一看，只见百枝披头散发踉踉跄跄从红薯地里走出来了。一瞬间，她明白了一切，她顺势坐在身后的一条土梁上，把浑身冷汗惊魂未定的百枝抱在怀中。她想用自己的体温，抚慰那受伤的心灵。

过了好长一会儿，狗娃嫂低声说：“枝枝，牙碰掉了要往肚子里咽，嫂子绝不给任何人说。”百枝没有回答。这时她的脑海里浮现起童年的往事……那时，她和小伙伴们常常望着二保的背影，低声哼唱着一首不知什么人编的歌谣：“气死木匠，愁死画匠；吹糖人的见了大哭一场；时兴照像，没法对光……”

那一年腊月中旬，尚百枝匆匆忙忙地出嫁了。

三

第二年三月的一天中午，尚百枝由东尚庄回娘家看望父母来了。虽然她出嫁才几个月，但身孕已经十分显眼，尽管她有意穿一件大袄。到了娘家门口，百枝看见大门外有一辆挂着药箱的自行车！莫非父母哪位生了病？她心中有点慌。走进家中她看见父亲正帮着兽医给大白猪注射着什么药剂，母亲告诉她：他们一时不小心，猪拱开了圈门，到村边跑了一圈，误食了二保投放的毒药馒头中毒了。这时大白猪躺在院子里蹬着四条腿，它嘴里吐着白沫在艰难地排泄着肚子里还维系着生命的最后气体。兽医站了起来无奈地摊开双手。完了，百枝仿佛被人当头击了一棒，只觉得天旋地转！她无力地坐在门坎上，用双手撑住脑袋，两眼失神地望着前方。她知道这意外的变故对这个孤立无援的小家庭意味着什么：三口人的希望——父母一年的油盐酱醋，青黄不接时的口粮以及女儿肚里小生命的小嫁妆——全寄托在这头即将出栏的膘猪身上。如今，这一切的一切都成了幻影，这并不奢侈的要求竟被二保一块蘸着高效农药的馒头夺走了。

送走了兽医，百枝顾不上向父母交代竹篮里带来的礼物，便怒气冲冲地向大队走去，她要找干部们评理去。但走到半路上她被好心的狗娃嫂拦住了：“枝枝呀，你不听人常说官向官，民向民，关老爷向的是解州人。大保能寻他兄弟的不是吗？”她俩正在说话的时候，二保恰巧朝这边走来了。

这八千岁近来又承包了看猪这差事，他懒得与猪羊们淘气，便向保管员要来了高效农药，把馒头蘸些农药放在村口，毒死了几户人家的猪狗鸡鸭后，放猪之风大为收敛，二保也向人宣扬他的办法高明。

“再赐你一把尚方剑，上打天子下打臣”。他嘴中仍旧哼着不成调的蒲州梆子，旁边一个老汉打趣地说：“二保，你这两下子比地区蒲剧团还在上。”二保更加得意了，你看他：双手反剪在背后，似乎怕他那隆起的罗锅有掉下来的危险。穗子系有红樱的短鞭插在他的领口里，随着那八字步来回晃动，仿佛是为了平衡那倒向一边的脑袋的重量。走到百枝和狗娃嫂身边，他吃力地扬起笑嘻嘻的脸庞望着这两个女人。

“不要脸！”百枝只觉得一股怒火攻心，她生平第一次骂人了。

谁料这八千岁却接了茬，他并不为自己做过亏心事而自惭形秽，他立刻问道："百枝，你把嘴放干净些，我尚二保一没偷人，二没嫁汉，有啥不要脸的地方？"

百枝没想到这恶棍这样还了嘴，她的一双手在狗娃嫂手中微微颤抖，她老半天才吐出三个字，"缺德鬼！"

二保这时才想起早晨毒了百枝家的大白猪。他转身给渐渐围观起来的人说："大伙给评评理，我的药馒头又没放在她家中，而村口也不是她家的猪圈呀。"

这时狗娃嫂和几个女人已经拉拉扯扯把百枝送回家了。只见那二保从领口上取下短鞭，把穗子连同鞭杆一起攥在手中，朝着百枝退下阵去的方向大声叫喊："有本事你到县上告我去吧，县上不行还可以去省里，我尚二保等着吃官司哩！"他看围观的人越来越多，就越发凶得不可收拾，你看他两只手一拍屁股，如同一只跳远的蛤蟆一蹦老高："他妈的，脑袋掉了也不过碗大个疤，豁出我这九斤十四两，再过二十年还是一条好汉！"

围观的人中有人劝道："算了吧，人家都走远了，你八千岁还值得和她一般见识吗？""是呀"，他转向众人说："狗日的也不撒泡尿把她照一照，看自己是不是我尚二保的对头"。

四

第二天早上，西尚庄大队革委主任尚大保在电话机旁边发现了一张反动标语。上面用铅笔写着："打倒革委会！打倒文化大革命！"在不规则的纸下边还有一行用铅笔划掉的字迹，隐约可辩认出是"尚二保写"四个字。大保大吃一惊！想不到二保在这"反击右倾翻案风追查反革命"的运动中竟敢开这样的玩笑。他强压怒火，把还在被窝里做美梦的二保拉了起来，低声吼他认纸条。二保看了纸条连叫冤枉，并呼天喊地地发咒语，虽然他每天晚上爱坐在电话机旁闲聊，但绝对没有写反动标语。大保确认不是二保所写后，便立即给县保卫组打了一个电话，第二天破案的人马便来到了村中。从此，这个偏僻的村庄再也无法宁静了，人们互相传递着以为别人不知道的消息，探询破案的情况，预测着一场风波的来临。

那一段时间，西尚庄的男女老少差不多每隔几天就要到大队部根据破案人员的要求，用铅笔写字，甚至不识字的老太婆和小学校的孩子们也被要求在纸上乱划一通，办案人员以通过分析字迹确定怀疑对象。

案子搞了一个多月仍然难见分晓，正当人们对这事的注意力淡漠了的时候，却传来了一个令人震惊的消息：写反动标语的人是嫁到东尚庄的尚百枝！这个外表沉静为人忠厚的女子为什么要写反动标语？这件事又成了西尚庄工余饭后人们议论的中心了。

原来，侦破工作在村子里搞了很长时间没有进展，破案人员便把写字的范围扩大到所有与西尚庄有亲属关系的人身上。当尚百枝被当做嫌疑对象第一次谈话的时候，她就承认了反动标语是她写的。

狗娃嫂得到消息后，连忙找到了破案小组的领导，诉说了尚百枝所经历的前前后后。那沉着镇静的领导听后对她说要相信上级领导会做出正确的处理。

五

破案后第十天，县上在公社所在地召开了公审大会，尚百枝因犯现行反革命罪被判处有期徒刑三年。会上县保卫组考虑她身孕已重，提出缓捕三个月，由大队监外看管。

当尚百枝在受公审那天下午被老实忠厚的丈夫和哥哥用平车拉回娘家的时候，向来并不关心公婆的嫂子已经在小院中闹开了，她说孩子们将来要受到反革命姑姑的牵连。百枝顾不得这些了，她打发走了丈夫，就被双泪长流的父母扶到炕上蒙头大睡了。

她没有哭，她的泪水已经被这一连串的厄运烧干了。她心中虽没有忏悔之意，但却有对任意捉弄她的命运之神的将信将疑。她回顾了她坎坷的生命旅程：她从本村的七制校毕业，所掌握的知识远不能对她解释人生的真缔。当她如同一朵鲜花张开花瓣接受阳光爱抚的时候，却遭到了一阵狂风冷雹……在朦胧入睡以后她仿佛听见了公婆的叫骂、众人的嘲笑以及嫂子的责备，还好像看见了阴暗的监牢和一个小生命的诞生……

尚百枝被一阵接一阵的恶梦惊醒后已是夜深人静，她感到腹中一阵阵绞痛！白天的审判大会消耗了她多少精力啊！莫非……她用双手抚摸腹部不由得一阵害怕——还让这无辜的小生命降临人间做让人耻笑的证据吗？不，眼前的遭遇已使她精疲力尽了。她不由得拿起父亲解在炕沿上的腰带，她诧异父母忧伤之后的睡眠竟然如此酣畅。她悄悄虚掩起家门，慢慢地向村子中间走去……

这是一个初夏的午夜，月亮以它淡淡泻出的白光给枝叶招展的树木投下斑剥浮动的暗影，星星睁大了它们那好奇的眼睛。凉风阵阵向巷道释放着清冷的气流，饲养室传来一声驴叫划破了寂静的夜空。这一切引起尚百枝多少难以泯灭的记忆呀！她想：瞬间将告别这熟悉的一切，难道这生命的弥留不让她感到死神的憎恶吗？不！如果生命向企求者索取他无法支付的巨大代价，那死亡的招手对于弱者来说难道不是唯一的解脱吗？

尚百枝感到遗憾的是逼她一步步陷入耻辱深渊的人至今还趾高气扬地活在人间，这时她看见了二保家门前那棵大槐树便决定了她肉体和灵魂的最后归宿。她缓缓向前走去，一面用双手拉动父亲的旧腰带，估量它能否系起两个生命的重量……

尚二保从大队部聊天回来，已经过了深夜十二点，他拖着疲倦的身子往家里走。来到家门口大槐树底下，突然头上被什么东西碰了一下！他慌忙用手电向上一照，不由得大吃一惊！他一边往后退一边厉声喊道："现行反革命分子尚百枝畏罪自杀了！"待他觉得没有什么危险之后，便撒腿跑到一个生产队的记工室门前，他敲响了用来叫社员上工用的铁钟。这钟声在这寂静的深夜里传得很远很远……

最后一幕

事情发生在一九八〇年。

正是吃早饭的时候，有两个人一前一后朝丁村五组新任居民组长学勤家走来了。

“叫人火麦连天借碌碡用，这真是天大的笑话。”走在前头的冬生见人就讲。

“麦过芒种自死，节令不饶人啊！”跟在后面的前任居民组长三怀补充说。

原来，虽然实行责任制已经几年了，但五组的碌碡一直未分到户。往年打场时大家轮流使用，曾发生过不少纠纷。前几天组员会上大家讨论的结果是：两户一块，自由结合，抓阄分掉。今天早上，组里开会分碌碡，才发现昨晚丢了一块。未参加会议的三怀和冬生没有分上，现在二人找组长要碌碡来了。和冬生的风风火火相比，三怀却显得慢慢腾腾。他反剪双手，时而嘴里还哼着几句戏文。

三怀今年五十多岁了，但身体还结实得像头牛。别看他平时趿拉着一双鞋，上衣的第三个扣子常常占据着第二个扣子应占据的位置。但在丁村五组里，三怀却是一个不小的人物。他颇有文化，腋下时常挟着当天来的报纸。还会用新名词解释旧习惯。比如拍马逢迎，他说旧社会叫拍马屁，解放后叫接近领导，时髦词儿叫感情投资。

三怀在以前担任五组组长几年间，三间旧厢房变成了五间一砖到顶的新北房。家中新式家俱应有尽有。儿娶女嫁他还是村里摆阔气的冠军。不用问，集体在信用社里贷款的数字是直线上升的。

如果说三怀是关羽，那么冬生就是周仓。不过两军对垒时，上阵的却多是冬生，三怀只不过在事后出面打打圆场。人们都知道，这同戏台上一样，一个扮绿脸，一个唱红脸。这倒不是说冬生有多大的本事，连他自己都知道前几年逢年过节有救济款，青黄不接时能从库房赊借出粮和油，还不是仗着他为三怀浴血苦战的功劳吗？如今，虽说三怀的组长在选举会上被组员刷掉了，但旧情难忘，他俩还要上演最后一幕双簧。

新任组长学勤的家是一个简陋的小院子。在门外的左边有一个砖台，右边竖栽着一块碌碡，它似乎有三分之一的部分被埋在地下。

走到学勤家门口，旁边一个看热闹的男青年挑逗冬生说：“你敢把这块碌碡滚走吗？”

“哼，我学手哩。”冬生一边回答一边挽起衣袖，并朝两个掌心各吐了一口唾液。正准备动手的当儿三怀走上前劝道：“且慢，把话说清楚了再动手也不迟。”

话音刚落，学勤端着饭碗从家中走出来了。他一面用筷子指着碗谦让大家吃饭，一面顺势蹲在门口的碌碡上。这时门口虽然围了一大群人但却静寂无声，只能听见学勤吃面条的声音。冬生知道静默的时间越长对自己越不利。他便清了一下嗓子展开攻势：“人常说‘打狗还要看主人哩’，难道刚好丢了老组长的碌碡吗？我冬生算个啥，人家三怀叔当了多年的组长，没有功劳还有苦劳，没有苦劳还有个疲劳。”这时，三怀坐在不远的槐树下。只听他拉开嗓子慢悠悠地唱着蒲州梆子：“一朝天子一朝臣，青春爱的是少年人。”

学勤这时吃完了碗里的饭，诚恳地对冬生说：“一块碌碡是小事，组里一定要解决，误不了你们打场。”

“说得轻巧，事情没放在你身上。”冬生表示不相信。有个五组的居民在旁边劝道：“冬生算了吧，四十五户人家只有二十一块碌碡，学勤家也没分上。”冬生不屑一顾地反驳道：“得了吧，你以为我是瞎子，他脚下踩的是个啥？”

学勤立刻站到地下，顺手把饭碗往砖台上一放，只见他双手用力将碌碡摇了几下，又随即招呼了两个人，三个人共同把碌碡弄了上来。学勤直起身子双手拍了拍尘土对冬生说：“把碌碡滚走吧。”冬生走上前一看：原来是块废品，不能用。旁边有人对他说：“你以为是一块宝贝疙瘩吗？那废品是前些年正月十五闹红火栽秋千摔坏的，学勤用它只不过是顶一个砖台子使唤罢了。”冬生顿时傻了眼，不知道下一步该咋办，他用眼角向三怀坐的方向扫描。三怀并不理睬，只是悠闲地唱道：“开弓没有回头箭……”

冬生明白了，只见他趁势往地下一倒，又如同驴子打滚般两边一翻腾，脸和衣服上沾满了土。一个小青年还恶作剧地用铁锨搞来一堆湿牛粪。但冬生不管这些，他闭上眼睛喊道：“没碌碡我就死在你组长门前，难道没人活的路吗？”冬生之所以采取这狗熊办法，是经过一番权衡的。若是别人，他早就老拳相向了。但他去打学勤，就如同拿鸡蛋去碰石头，所以他只好使用这最后一招了。

学勤思考了片刻，大步走到三怀面前说：“叔，我前几天用水泥预制了一块碌碡，你们先拉去用吧”。“还能这么办吗？‘君子爱财，取之有道。’”三怀嘴里虽说不愿意，但身子却由着学勤拉到了家中。走到南墙根下，学勤用手刨开了一堆湿麦草，里面露出了一块湿润的水泥碌碡。他说：“我准备用脱粒机哩，你们滚走吧。”

三怀返身走出大门，用商量的口气对冬生说：“事情到了这一步，你说该咋办？”正在装死卖活的冬生一骨碌从地下爬起来连忙说：“你说咋办就咋办。”旁边有人发出嗤笑的声音。

正当三怀向冬生使眼色要滚走水泥碌碡时，忽然听见了五组的老保管员远远地喊道：“有办法解决了！”大家听后，仍然不知道原因。只见老保管走过来把学勤拉到一旁低声说了几句什么，学勤便转过身来对三怀说：“叔，丢了的碌碡找到了，你们要哪一块都行。”三怀的脑门马上沁出了汗珠。他说：“谁狗日的做下这号缺德事，叫咱叔侄俩今天闹了个大误会。”说罢也顾不得冬生了，抽身便走。

冬生见状也想溜掉，但老保管却堵住了他的去路。只听见老汉问道:“冬生,你知道昨天晚上谁用麦糠把碌碡埋在沤粪坑中的？”“组长又没派我看场，我哪里知道？”老汉举起手里的手电筒说：“埋碌碡连手电筒也埋住了，你妻子说这是你家的手电筒。”“那……”冬生一边支吾，一边转身就走。

开火车

上世纪五十年代的一个早晨，村巷中间的井房里来了一个盲人乞丐，他要表演口技——开火车。那一天恰好是星期天，前来围观的小孩子不少，五岁的我也在其中。村子处在远离铁路线的黄土高原上，就连大人们真正见过火车的都不多，更不要说我们这些孩子们。因此大家都充满了好奇心。

表演开始了，盲人先用声音模仿蒸汽机车“呼哧、呼哧”运转的声音。稍后他鸣了一声嘹亮的汽笛，火车开动了。紧接着表演达到了高潮，他不仅声嘶力竭地模仿火车发出的声音，而且一边用双手向后刨，一边用双脚在不停的原地踏步运动。他口中的呼哧声也仿佛夹杂着火车轮子的转动声。那双看不见的双眼似乎也发出一种亢奋的光芒。

正当我们看得如醉如痴的时候，他却模仿列车话务员的声音说道：“旅客同志们，列车前方到达平遥车站，需要下车的旅客，请提前做好准备。”他驾驶的火车放慢了节奏，缓缓驶入了“平遥车站”。我们希望他还可以把火车继续往前开，但他却拿出了一个淡蓝色的土布口袋，向我们讨要食物。

孩子们从家中取来了大小不等的粗粮馒头，我也拿来了家里仅剩的半个玉米面窝头。盲人乞丐共收了十多份食物，他小心翼翼地将食物装入他的土布袋子中。比我大两岁的哥哥从家里空手出来后显得十分沮丧，但过了一会儿他从巷道返回井房后不知递给盲人乞丐一个什么东西。接到手后，盲人似乎感受到哥哥给他的“馒头”有些不对头，正当他准备把那东西用鼻子嗅的时候，不知哪个孩子大声喊道：“那就是一个驴粪蛋子！”盲人乞丐闻言大怒，他把那个所谓的“馒头”扔掉，顺手抄起他用来探路和打狗用的长木棍抡起来乱打一气！好在大家很快四散逃走，并无一人受到伤害。原来我的哥哥回到家中已无食物可取，不知他怎么想的，却从巷道中捡起冻得生硬的驴粪蛋子去冒充“馒头”。他可能没有想到这个恶作剧不仅引起了乞丐的愤怒，还招来了小伙伴的怨言，大家认为盲人乞丐不会再为我们开火车了。我回到家中，把此事向父母一说，母亲立即在院子里追打返回家中的哥哥，而父亲却返身进了厨房。

不大一会儿，父亲从厨房出来，手里端着一碗刚煮熟的细粮面条。原来那天早晨母亲给全家人做的早餐恰好是面条。不同的是父亲的面条里还卧有一个他特地煎好的荷包鸡蛋。要知道那时候的农村生活还比较困难，鸡蛋是家中的奢侈品，就连小孩子们也只能在特定的节日吃到它。在我的记忆里，那时候家里的鸡蛋主要有两个用途：一个是出售给供销社换人民币，一个是兑换家庭生活必需品。

父亲把一碗热气腾腾的鸡蛋面条端到井房中，他对盲人乞丐说道：“小孩子乱来全怪我们家长管教不严，今天这事让你受委屈了。天气太冷，我给你送来一碗热饭，快趁热吃了吧。”盲人乞丐在父亲的道歉声中吃完了那碗面条。他对父亲的热情十分感谢。待父亲临走时他说道：“不要太责备孩子，娃娃太小不懂事，我不会和他们一般见识。”

父亲却说：“小孩子从小要养成仁爱和尊重别人的习惯，古人有惜子如杀子的训诫，我们家长身上的担子不轻啊。”

寻找大提琴

1939 年 3 月 11 日晚上，在延安的一个窑洞里，老式木桌上亮着一盏油灯。光未然正站在那里借着灯光向大家朗诵他在边区医院疗伤期间创作的《黄河大合唱》歌词。

朗诵刚一结束，冼星海激动地站了起来。只见他一个箭步走到桌前，将词稿紧紧抓在手中。他说："我有把握将它谱好，我一定及时为你们将它赶出来。"

冼星海在当天夜里便躲进了鲁迅艺术学院山坡上的一个小土窑里。他点燃了一盏摇曳着一簇微弱的小火苗的菜油灯，开始为《黄河大合唱》谱曲。第二天，光未然给冼星海送来了二斤白糖。当时延安的物资十分短缺，这二斤白糖是光未然在住院疗伤期间上级发给他的特殊补品。

3 月 17 日一早，冼星海给光未然送来了谱好的曲子。光未然说："才六天时间，你就完成了谱曲，真快呀。"冼星海风趣地说："谱不出来就对不起你那二斤白糖。"光未然兴奋地告诉冼星海说："抗敌演剧三队的同志们个个摩拳擦掌准备排练。现在最大的困难是没有低音乐器，乐队的同志们正在想方设法解决这一问题。"

经过抗敌演剧三队的同志们齐心协力的紧张排练，《黄河大合唱》终于在延安正式公演。

首次演出那一天，陕北公学大礼堂的观众席上坐满了人。他们中间有延安党政军机关的干部，也有工农兵学商各界的代表。还有一名特殊观众，是一名美国女记者，她当时正好在延安抗日根据地采访。

演出开始了！全场观众凝神屏息……

“风在吼，马在叫，黄河在咆哮，黄河在咆哮！

……

演出结束后，陕北公学大礼堂里欢声雷动，观众们久久不愿离去。光未然和冼星海看见观众的反应是如此的强烈，也深深沉浸在成功的喜悦之中。正在这时，他俩看见美国女记者在翻译的陪同下走上了舞台。他俩连忙挤过人群向舞台走去。

光未然和冼星海看见女记者在乐队中左顾右盼。翻译对他俩说：“这位外国朋友觉得低音乐器的声音有点异样，她想看看乐队的大提琴。”冼星海只好把女记者引到一位乐队队员身边。原来这位乐队队员手里拿的根本不是什么大提琴，而是一个把临时特制的大型二胡。它的琴筒还是由一个铁制旧油桶改装而成。乐队队员为女记者作了即兴演奏。乍一听，还真像是大提琴发出的声音。

冼星海向女记者介绍说：“我们没有全套的西洋乐器，大部分是我们民族的传统乐器。”光未然指着两把旧二胡和一只牛皮鼓说：“这些乐器还是向民间艺人借来的。”女记者听了介绍以后激动不已。她逐个亲自尝试演奏这些简陋的乐器，直至它们发出不同的响声。她十分惊异这些貌似简单的乐器却演绎出了那么恢宏美妙的旋律。

最后，美国女记者通过翻译向光未然和冼星海表示热烈的祝贺。她说：“音乐是全人类相通的艺术，感谢你们创作演出了这么好的音乐作品。我从来没有欣赏过这么精彩的演出，这激动人心的旋律让我感到伟大的中国人民的精神力量。”她还说：“我今天才真正领会了什么是延安精神，这些乐器就是你们文艺战士的‘小米加步枪’。它活生生地向我解释了毛泽东主席所表达的中国人民抗日战争的必胜信念。”

名　医

清朝末年，蒲州府临晋县城有一位姓樊名林山的中医，他对脉学、药物学及针灸均有独特见解。

林山开诊所的第二年，荣河县有一个十二岁的小男孩因惊吓失音成哑，多方医治无效，遂求治于樊林山。樊林山问明原委，深思良久之后，他让哑人独居一室，室内置刨花一堆，并洒少许食油助燃，令人暗中点火后紧锁其门。一时火势熊熊，哑人摇门推窗而不得出房，万分危急之中大声喊妈，哑症顿消。林山事后对人说："此乃水火互济，以惊治哑，用心理改变了病理。"

樊林山从小家道贫寒，十四岁即到药铺当学徒。后来又由其舅父资助西渡黄河到陕西耀县药王山学医多年，深得真传。他行医的态度很严谨，每有病人求诊，总是细心把脉，不用病人开口，便将病状一一道来，由病人认可病理之后，才开出药方。中医的应用很讲究根据每个病人不同的症状选择不同药材的配伍和数量的增减。樊林山深谙其道，每次将药方开好之后，他会将方子上的药名及疗效自言自语吟唱一遍后才交药房配制。

当时临晋县城还有六家中医诊所。医生们对樊林山的药方很感兴趣，有的甚至贿赂樊记药房的药剂师，让其偷抄药方以备探讨。

光绪元年，临晋县知县的夫人因家中婆媳不和长期心情抑郁，突发一种俗名称为“白喉”的恶症。发病半个时辰即因呼吸受阻而不省人事。樊林山被叫到现场，他叫人火速取大针一枚，直刺患者咽喉，又叫人扶住病人从其口中排出半碗紫黑色的血水，病人逐渐恢复。此后，樊林山医名大噪，求诊者络绎不绝。而林山医德如旧，照常为无钱购药的患者免费针灸。

光绪三年五月的一天，一乡下财主亲自坐骡子轿车接樊林山为其母诊病。行至县城南门正好碰上北坡上一支祈雨的队伍经过。因围观群众太多，马车被阻一个时辰。其时河东一带大旱，不少乡村组织队伍上中条山五老峰祈求雨水。当时樊林山对财主说：“明日有雨，乡人何必兴师动众长途奔波。”第二天下午果然大雨倾盆。后来有人问其奥妙所在，樊林山答道:“医道通天道。人身乃一小天地，如遇外界气候风雨阴晦之变，针灸时针感必有凝滞，即《黄帝内经》中所说的‘天地与人相应’之理。”

大　嫂

我出生在国家不搞计划生育的年代。共有四个哥哥和四个姐姐。我出生后父母愁得顾不上给我起名字，全家人都叫我老九。大嫂在我出生前两个月生了一个男孩，所以我有一个比我大两个月的侄儿。

当时母亲生下我却没有奶水，父亲只好抱着我四处找奶吃。几天后大嫂对母亲说她奶水很充足，侄儿吃不了，可以让出一个奶头让我吃。谁知我并不满足于“鸠占雀巢”，还要“得陇望蜀”，常常搅得侄儿吃不成奶。再后来我晚上索性睡在大哥房中，大嫂只好叹着气说：“老九，老九，赖着不走。”大哥用食指托着我的下巴说：“老九，老九，原来是一条赖皮狗。”这句话后来成了侄儿和我开玩笑的一句家常用语。

十多年后的一天晚上，因为我和侄儿一同考上了外村的初中，大嫂让我俩试穿她缝制的两套新衣服。侄儿无意中戏说：“老九，老九，原来是一条赖皮狗。”对他的玩笑，我早已习以为常。谁知大嫂却勃然大怒。她破天荒地抽了侄儿一记耳光，并厉声说道：“今后再不许叫老九，要叫五叔。”

二十五年后，侄儿大学毕业在城里当了干部。他在城里找了对象已经结婚，而我的婚事却成了村里的老大难之一。因为家庭困难，我的二哥、三哥和四哥都分别招赘到别人家做了上门女婿。父亲叹着气对我说："你只能外甥提灯笼——照旧去做上门女婿。"我也只好答应了下来。谁知当母亲和大嫂商量的时候，大嫂却说："老九不能走。"

从此，大嫂便开始了给我找对象的南征北战。好不容易找了个预备对象，人家母亲却提出要看我家的光景。当时家里穷得叮当响，怎么办？全家人在大嫂的指挥下开展了一场造假运动。

于是，侄儿结婚用过的房子和家具成了为我预备好的。

于是，母亲的炕上铺着借来的新床单，枕头上罩着借来的新枕巾。

于是，三个大粮缸都装"满"了小麦。其实上面只有一层，下边全是用旧被套之类的东西填充起来的……

好在我对象娘家那天没有看出破绽。那年冬天我终于结了婚，全家人悬着的心才放了下来。

去年秋天，大嫂过了她七十五岁的生日后溘然仙逝。我和侄儿一样在葬礼上身穿孝服大放悲声。只有侄儿知道我是把嫂子当作母亲一样怀念的。

四菜一汤

“刘骡驹发大财了！”孙村人对此众口一词。

有人说：他除了有食品和建材化工两大支柱产业外，近几年还涉足房地产开发，在几个大城市都有不少企业；

有人说：他手下的人马超过了五千人；

还有人说：他的固定资产规模已以千万元计算……

无论怎么说，这次孙村学校新建造价八十万元的教学大楼，刘骡驹一人就捐了五十万元。

现在村干部们正在开会研究安排明天的剪彩仪式和招待事宜。村支书首先向大家通报明天将要莅临教学大楼剪彩仪式的上级领导。其中有：市教委主任、副县长、县教委主任、镇党委书记、镇长……

村主任接着要大家讨论明天的宴会怎么办。

副支书说：“鸡、鸭、鱼、牛肉、猪肝，质量要上等。”

副主任说：“甲鱼、海参、鱿鱼今天要到位。”

支书接着说：“喝白酒太俗气，中午派车到市里搞几箱法国干红葡萄酒吧！”

大家讨论很热烈，反正要好好吃一顿。

只见村主任一拍大腿说：“差点忘了大事，还要请示一下刘老板。”

众人豁然开朗：是呀，村里下一步还想盖一座影剧院。还指望财神爷拿出一百万元哩。刘骡驹大老板，可是万万不敢得罪的。

最后大家一致决定：由支书和主任去请示昨天才赶回村准备参加明天剪彩活动的刘骡驹，由他来决定明天的宴会怎么吃和吃什么。

五十出头的刘骡驹看上去很年轻。二十年前他离村进京的时候怀里只揣着五百元钱，现在却成了方圆百里的首富。财富把他的一切行为都镀了金。村里人对他顶礼膜拜，他成了附近农村上辈人要子弟们学习的人生榜样。

这一天早晨，刘骡驹正在他离别二十年的故居中面对窗外春天的美景，体验着浓浓的乡情，他深深地沉湎于对童年、对故土的回忆之中……

正在这时，村支书和村主任恭恭敬敬地来到他家中，要刘老板给明天的聚会点菜。他俩一再说："你想吃什么爱吃什么就点什么，到了自己村里千万别作假。"

刘骡驹说："恭敬不如从命。"他当仁不让，立即坐在写字台前，开出了以下菜单：

第一道菜：蒸苜蓿：

第二道菜：蒸槐花；

第三道菜：红薯面饸饹；

第四道菜：玉米水鱼。

一个汤：绿豆米汤

刘骡驹虽然一再说这几样东西是他目前最想吃的，但他开的菜单还是让这俩人一头雾水，他们大惑不解面面相觑。

然而刘骡驹并不在乎他俩的态度。他乘兴叫来随身秘书，由他口授，秘书按他的即兴发挥笔录了一个祝酒辞，全文如下：

"同志们、乡亲们，我刘骡驹能够有今天，全是托了乡亲们的福，托了故乡的福。二十年来，什么样的苦我都吃过，什么样的山珍海味我都尝过。龙肝凤胆早就吃腻烦了，老想换换口味。所以在今天这个聚会上，我斗胆委屈远道而来的领导和乡亲们，让大家伙也尝一尝我童年时期最爱吃的四菜一汤。

“另外，我还要不揣冒昧向大家说说我多年来的体会。大家知道，我涉足的领域是工业和商业，也发了一点小财。乡亲们都渴望知道我赚钱的诀窍，我今天就向大家透露一个秘密。工商业之所以能够盈利，其中最重要的一点就是要最大限度地降低成本，这样才能扩大利润空间。我想目前农村的经济建设也不该忽视降低成本这个关键的环节。如果在座的都想肥吃海喝，就不会有今天的教学大楼，也不会有明天的新影剧院。”

第二天，刘骡驹的祝酒辞获得了全体与会人员的热烈鼓掌。他点的家乡菜也让人们吃出了特殊的味道。

一顶红星八角帽

1937年9月16日，贺龙率八路军120师从陕西芝川口东渡黄河，来到山西省荣河县庙前村。部队全部渡完后已是傍晚时分，师部决定让战士们在沿岸几个村庄歇息一夜后继续北上。

庙前村青年丁忠义引着通讯连的一个班走进他家。忠义的父亲在船上当艄公，此时他送完最后一船八路军后正在岸边安排固船等事宜。因此，安置战士住宿的事情就落在了忠义的身上。

丁忠义将最好的两间房子腾出来，把战士们安排好，他自己在灶房的炕上整理自己的铺盖。正在这时，一个八路军战士走进灶房来，神秘兮兮地低声对忠义说："房东大哥，跟你商量个事行吗？"

忠义抬头一看，这个八路军战士有十八九岁的样子，他回答说："行啊，有事坐下说。"

这个战士名叫王坚。原来，为了抵抗日本的侵略，共产党不计前嫌，和国民党实行了第二次合作。中国工农红军被改编为国民革命军第八路军，之后不久在陕西三原，八路军总政治部副主任邓小平同志向120师的指战员们进行换装动员。邓小平同志先讲党的洛川会议精神，再讲统一战线思想，最后讲由红军改编为八路军的缘由。

戴了多年的红星八角帽突然变成了和国民党军队一样的帽子，一部分红军官兵的服装虽然换过来了，但思想上并没有完全拐过弯。

战士王坚在换装时多了一个心眼，他在暗中藏了一顶红星八角军帽。

王坚挽起裤腿，让忠义看小腿肚上的刚刚痊愈的伤口。他说：“大哥你看，我身上还有国军子弹打下的伤疤。”忠义很同情地点了点头。接着，王坚从上衣里边掏出一顶红星八角帽对忠义说：“这顶帽子我虽然带了出来，但考虑到上了前线和敌人打仗毕竟很不方便，我想麻烦大哥你帮我把它保存起来，我以后方便的时候再取走。”

丁忠义郑重地接过这顶红星八角军帽，把它放到隐秘的地方。

时间到了1967年7月，丁忠义一转眼成了一个五十多岁的汉子，而当年的八路军战士王坚却一直没来取走他的红星八角帽。一天，丁忠义听别人说他们这个地区的党委书记名叫王坚。

于是，丁忠义带着那顶他保存了三十年的红星八角帽，到地区所在地去找王坚。谁知他所乘公共汽车在经过县城时因为开斗争大会道路堵塞而抛锚。丁忠义没想到城里的文化大革命竟是这么热闹，他便挤到前边看热闹去了。

丁忠义看到一个人正在接受批判。临时搭建的大舞台正上方有一条用黑布拉起的条幅，上面写着：本地区最大走资派王坚批斗大会。

忠义挤到最前面，发现王坚的形象很狼狈，不但鞋子穿了帮，连一条裤腿也被人扯掉了一半。他仔细往那人的小腿肚子一看——腿上的伤疤和当年王坚叫他看的一模一样。果然就是那个王坚！

丁忠义虽然有了转身回村的念头，但他还是朝批斗台上的王坚望去，此时的王坚面容消瘦、精神委靡、两眼无光、胡子一把长。忠义突然想到这时候是王坚最需要人帮助的时刻。

忠义从土布缝成的小旅行袋里掏出那顶红星八角帽戴在自己头上。

为了引起王坚的注意，他在喊“打倒王坚”这句口号时喊得特别响亮……

他终于引起了王坚的注意。丁忠义发现王坚那灰蒙蒙的眼睛里有了惊喜的感觉。忠义还利用喊口号举拳头时用手势给王坚指着头上的帽子，他发现王坚的精神状态终于从绝望的边缘慢慢转向较正常的态势，他才悄悄转身离去。

直到 1977 年初，王坚的冤案得以平反，又官复原职。一天，他亲自到庙前村忠义家中来取那顶红星八角帽。他激动地拉着忠义的双手说："那天批斗会上多亏大哥你让我看到了红星八角帽，我才断绝了那几天一直在我脑海中盘旋的自杀念头，是大哥你救了我一命。"丁忠义回答说："救你命的不是我，是这顶红星八角帽。"

卧　底

这是小时候奶奶讲的她所经历的一个故事……

那一年冬天，我还是一个七岁的小女孩。年仅十三岁的哥哥那天结婚，而新娘已经十九岁。新婚第一夜，小叔及一伙小青年策划晚上要偷房。农村的习俗是新婚三天里头没大小，偷房是闹房的一种延续，由于旧社会人们的结婚年龄普遍偏小，所以那时流行的闹婚习俗其实都是为了破除小夫妻的害羞心理。

当时，新房安装的是传统的双扇木门，它的门关较为结实，要在外面从门缝拨开门栓很困难，况且响声还容易引起屋内新婚夫妇的警觉。小叔他们商量的结果是让我这个小女孩趁傍晚闹房之际藏匿在新房中，待新婚夫妻入睡以后，他们在外面学猫叫，我听到暗号后从里边把门打开。

我卧底的地点是新房火炕靠窗一侧的鞋脚窑下边。它的上部是一个用砖砌的台面，中间有一个类似小阁楼的建置，供平时放鞋、袜之类的东西，下边空间较大，在冬天一般堆放有烧炕用的柴草。这种设计格局至今北方农村还可以看到。那晚我藏进去的时候里边有一层小麦秸秆，我睡在上面很舒服。

晚上的闹房结束后，母亲便安排新婚夫妻休息。然而当了新郎官的哥哥却仍然要与母亲一起睡。新娘子无奈，只好扮起了大人的角色。她一面用手拍着的新郎，一面低声唱着催眠的儿歌：“罗罗面，筛豆豆，我娃一把新舅舅……”

在干燥温暖的麦草中，替小叔他们卧底的我居然伴随着嫂子的催眠曲昏昏沉沉地睡着了。白天的热闹让我十分疲倦，以致对半夜以后小叔他们此起彼伏的猫叫声充耳不闻。直到第二天早晨新婚夫妻离开新房，小叔悄悄地把我从鞋脚窑下拽出来，我才知道卧底全面失败。那天早上，新娘在灶房对母亲说：“昨晚猫叫得很厉害。”母亲含糊其词地支吾过去。

我的卧底第一晚虽然没有成功，但却未曾暴露，小叔他们决定第二晚按原定方案继续实施。为了避免失误，他们强迫我下午睡了一觉，临上岗前小叔还在我手中放了两角干辣椒。

半夜时分，我在昏昏欲睡中忽听得有所响动，原来新媳妇把瓦尿盆向我所在方向移动准备解小手，她所发出的响声把我惊醒！恰在此时传来一声“喵喔”的猫叫声。为了提神我把一直握在手中的干辣椒伸向嘴边，谁知还没吃到口，辣味呛得鼻腔发痒打了一个大喷嚏！新娘吓得顾不上小解连忙往炕上逃！我一鼓作气钻出鞋脚窑，勇敢地打开了房门。

虽然提前暴露，但我的卧底宣告成功……

奶奶的这段童年旧事是她漫长人生经历爱拿出回味的趣事之一，也是我幼年偎在奶奶膝头时最常伴我入梦的“欢乐趣事”。

慈　祥

乡教办期中抽考二年级语文，办法是学生不离校，教办统一安排监考。

考试那天，丁村小学教二年级语文的于老师在校安排学生考试。来监考的是邻村学校青年女教师小王。等试题发到学生手中，于老师向小王要了一份多余试题，在一旁看起来。他发现第二题词语解释中“慈祥”这个词在教学中没有重视。考虑了一会儿，他想出了一个办法。

考试时间超过一半以后，于老师背着手在考场巡视了一遍。他注意到大部分学生没有解答“慈祥”这个词。这时候，监考的小王老师到紧邻教室的教师宿舍去喝水。站在教室前边的于老师看见学生们都望着他，便伸出右手的两个指头，用左手指着自己的脸，脸上显现出和蔼可亲的样子来。等到小王老师返回教室，这一幕 哑剧已经结束。学生们低头沉思后写上答案，于老师才松了一口气。

两天后，乡教办把批了的试卷返回学校。于老师先看同学们对于“慈祥”的解释。他看到试卷上写着“笑”“张口”“挤眼”……其中一名学生关于慈祥的答案是：“于老师的脸， 满脸胡子。”

于老师在心里想：以后的教学中，一定要注意每个词的讲解。

背　河

虽然村里人都叫他没手，其实有手，只是右手少了一个食指。那是他十八岁那年为逃避阎锡山的征兵，自己用菜刀剁掉的。从那以后，没手一直在黄河上当一名船工。

一九三八年七月，西北军 177 师在黄河岸边的古渡村与日本军队进行着最后一场激战。由于战事失利，177 师准备退回陕西。

那天中午，师部先从黄河东岸撤离。

由于河边水太浅，撤退用的大船离岸边还有五十多米。谁来背师长太太涉水上船？以往争先背女人上船的船工们此时纷纷向后缩。师长亲自从众船工中挑选出没手背太太上船。师长太太不仅年轻漂亮，而且还有一手好枪法。那天早上在古渡村中，没手亲眼看见为了顺利撤退，师长太太一枪打死了被日军炮弹炸掉双腿痛苦挣扎的兵工营长。

当时，在离河岸不远的村子中，阻击部队与日军仍在进行着激烈的战斗。没手背着太太全然没有了以前背妇女上船时的兴奋感。尽管师长太太在他的背上温顺得像一只小绵羊，一动也不动，但没手的腿肚子却在微微颤动。警卫员在前边探测水的深浅，师长也被另一名船工背着跟在后边。

好不容易把太太背上了船，没手长长出了一口气。谁知太太低声向师长说了些什么，师长勃然大怒，命令警卫员把没手绑起来！原来师长太太认为没手在背她上船的过程中有非礼的行为。没手的脸吓得煞白，急忙让师长看他的手。船老大也连忙向师长解释，说明没手由于手指缺失背人时抓不稳常常出错的实情。师长和太太看了没手的手后才平息了怒气。师长还拍着没手的肩膀连说：“误会，误会。”

船划到黄河西边，离河岸还有两道浅水时船便搁浅了。众船工挽起裤腿率先跳入水中，一排儿站在船舷边准备背河，谁知师长太太竟然又趴在了没手的背上。

在过第一道浅水的时候，东岸日军发射的一颗炮弹在离船不远的水面炸响，没手不由得在水中打了一个趔趄！师长太太在他背上连说：“别慌，别慌。”

在涉二道水的时候，日本飞机从头上呼啸而过！幸亏飞机袭击的目标是陕西的一个县城，并没有在黄河岸边骚扰。

在返回东岸的船上，一个船工问没手在西边背河的时候有没有和师长太太捣蛋一下。没手一本正经地说：“这一回可是真的有些非礼，但太太没吭声。”众人一直不相信。

附录：

牧泉印象与文学感言

吴国禄

坡上居士的老屋翻新后，邀我和阎哥哥去住了一晚。翌日早饭前，一人进院，与居士说话。居士介绍，他叫毋牧泉，是当地一位颇负盛名的文化人。我对文化人有一种天性的认同和尊重，说话间就有了一种亲近的感觉。我送了一套我的《艾蒿文集》，他很高兴，一连声地说："今早有喜，碰上了省城的贵人。"我说你"贵人"这词儿用得不准，我也至多不过是个文化人而已，他说："文化人就是贵人，你送我书，使我快乐，你就是贵人。"他还说："能使人心情愉悦的人都是贵人。"

为了报答，他回家去取了一册《桑泉》赠我，那是临猗县文联和作协主办的一份文学刊物，是他的作品专辑。我大致翻了翻，诗歌、散文，还有小说，文笔很好。我说："赠汝以《艾蒿》，报之以《桑泉》，你也是我的贵人了。"他说"哪里哪里"，然后就是很腼腆地笑。

疫情期间，忽然接到了居士的电话，问我还记不记得毋牧泉？我说记得，他赠我的《桑泉》一直在床头搁着。居士说："他要出一本集子，想让你写一个序言或者跋之类，总而言之就是写几句话吧，有没有兴趣啊？”“兴趣当然有！”我二话没说，就把这活承揽下来。挂断电话，我的面前立马就有一位年届古稀的很清爽的老头跟我腼腆地笑。

我是连夜就把一本将近三百页的书读完的。我认为作家要写出好的作品，必得有三个基本条件：一是要有很好的文字功夫，二是要有很深的生活积累，三是热爱。第三点最重要。

热爱分两个方面。第一是对文学本身的热爱，就是我们常说的文学情节，而且是死结。人和文学挽在一起，打了个死结，一辈子解不开，这就是热爱。毋牧泉在书中说：“我却深知文学创作对于我生命的濡养几乎无处不在，它一直默默地赋予我一种强大的力量，使我战胜了人生道路上无数的困难。”

其次是对他笔下环境的热爱。笔下环境，实际也就是作者的生存环境。他热爱脚下的那片热土以及那片土地上的人和物和事，一山一水，一草一木，甚至是过往和传说。有画家曾说“万物皆可入画”，在牧泉这里是“万物皆可下笔”，这从他文集中每篇文章的标题就可以看得出来：田鼠、红薯、土布、皂角树和远志草，还有记忆中的池塘和大寨门。他的每一篇文章，文章中记叙的物事，都是他生命过往的一部分，当然也是整个时代的一部分。他细致地但又好似漫不经心地回忆它们，呼唤它们回来，与他与所有的读者叙旧，我们感觉到了温馨，还有伤感。

我曾与人喟叹，商品经济和资本垄断情势下，真正的文学早已不在；或者即使仍在，也早已被世俗侵蚀得面目全非。当下的人们喜欢快餐，喜欢加佐料，喜欢把小麦快成熟时割了喂牛，所以，其实你看看，当代文学固有的认识、教育和审美作用荡然无存。好在热爱文学的人还是大有人在，包括像毋牧泉这样热爱文学创作的人。文学本身是值得人爱的，文学的作用也是无可替代的。许多人不忘初心，不迎合，不媚俗，守着文学这片心目中的净土孜孜以求，笔耕不辍，这些人值得尊敬！

愿牧泉兄能有更多更好的作品问世！

天空·沃土·画廊

——毋牧泉诗歌印象

杨进元

有许多文人朋友都知道毋牧泉其人。他当过村里拖拉机手，做过小学民办教师，再后来又多了个文联书店经理的头衔。其实，司机、教师、经理这些都不过是他身份的枝枝叶叶，文人，则是他一生的主杆和支撑灵魂与思想的本真。朋友认识他、看重他，大都是冲着这个文人的名片。他外表朴实的不改农民的憨态可掬，内心充实的一如精神的亿万富翁，这些都使得他在文人圈中颇有人缘。知道他不仅仅作文，而且还颇善写诗，是在那年一次文学大奖赛中的事。当时，他以一首《秋风中的杜甫》蟾宫折桂，获得头牌。运城市文联主席王西兰曾对我说：临猗真是藏龙卧虎，竟然还有这么实力派的诗人。我听了一脸惭愧，这么一个诗人放在身边，竟然不知道。此后，在大大小小的报刊杂志上，我先后零零星星读过一些他的诗，很为他视觉上的开阔、诗意上的淋漓、艺术上的精致所折服。这次新书出版之际，有幸先睹《汉风唐韵》文稿中的诗歌部分，使我对他的诗有了更深一步的认识。

那是一片历史的天空。就我来说，虽然大抵可以称得上是个诗人，但却极少去读时下大大小小报刊上诗歌，因为那些披着诗歌外衣的小资小调、一己情怀、故作深沉、无病呻吟的“大作”，实在不敢让人恭维，只怕其坏了诗人的品位。但读毋牧泉的诗，只觉得一阵浩浩的风雷响彻灵魂的深处，让你时而心潮澎湃，时而伏案沉思，时而舞之蹈之，时而指点江山。在毋牧泉的诗作中，历史题材的作品占据了很多的篇章，这正是诗人高明之处。爬涉于现实生活，却把灵魂的触角伸向历史的深处，毋牧泉找到了他最佳的表述途径。他以古论今，借古喻今，任由思想的骏马载着现实的思考，驰聘在历史的天空。在他历史的天空中，我们似乎亲临了秋风中的杜甫茅屋，也似乎看到李白醉草中的狂傲，还有禹凿龙门的执著，更有貂婵花容月貌下的泪滴。其实，从某种角度上来说，历史即现实，现实即历史。透过毋牧泉历史的诗作，我们不难看出作者和读者，以及奔波在红尘中芸芸众生的真实的一面。“面对江南秋风／你身着破衣烂衫／六年离乱／何处是关乡／陕西少陵／河南巩县／流浪／流浪／只有天才／才能成为乱世的宠儿／在惊天的浪涛里／你高扬起生命的风帆。”我们读《秋风中的杜甫》中的这些诗句时，无疑会在历史和现实间不停地变换着角色，在为历史人物或事件悲喜的时候，也正是在为自己或现实而悲而喜。同样，读《禹凿龙门》，读《李白醉草》，读《貂蝉》，甚至读《黄河大铁牛》，不同的人都可以看到自己的一点点的影子，一点点的情怀，一点点的思想，一点点的感悟。这正是其诗作的魅力，是吸引读者眼球，撞击读者心灵的黄钟大吕。

那是一块生活的沃土。读多了毋牧泉以历史题材为素材的诗，感受着他诗意的大气磅礴，尽情的在脑海里演绎着那一个个远古的人物和事件，这是他向读者发出的第一波的诗意潮涌。他的诗的另一个特点和另一个世界，是他面对生活，而对现实，面对平凡，面对一切，能从容地用他诗的心灵、诗的目光、诗的魔棒，感受和感知，用诗人的多情把现实、把生活、把平凡喧染得万紫千红、诗意盎然。诗的抒情性，而且是淋漓尽致的抒情，成为他征服读者的又一种武器。他抒的都是热爱之情，赞美之情，向上之情，奋进之情。“探出我头顶的第一根白发 / 你不是衰老射出的箭镞 / 而是智慧之羽，性灵之花 / 爬上我额角的头两道皱纹 / 你不是岁月犁出的沟拢 / 而是播种之浅穴，收获之微痂。”《来年》中的这些诗句，把一个一个被物欲化了的人从颓废的泥潭中拽出来，唤醒热爱生活、渴望生活、积极向上的最最宝贵的情感。“若要问 / 谁能作证 / 请找咱家果园里 / 那飞来飞去的小蜜蜂。”《果乡花事》中的这些诗句，活脱脱地勾画出生活的美和爱情的甜蜜。“园子里，石榴醉得裂开了嘴 / 梨枣的面庞醉成了关公 / 只有苹果姑娘最怕羞 / 躲在果叶下一脸酡红 // 秋雨 / 一盅又一盅。”《醉秋》中的这些诗句，让我们又一次领略了秋雨中的坡地，秋雨中的田野，秋雨中的果园，秋雨中那醉人的凉意和醉人的滴着雨水的果实。读着这样的诗句，你不由得会觉得生活多好，田野多好，世界多美，诗歌多好！诗的作用能达到这样的境界，已经可以说是上品了，至少我这样认为。

那是一座艺术的画廊。毋牧泉的诗歌赢人之处不仅仅在于其题材的选用到位，也不仅仅在于抒情的视野纵横开阔，而且还在于他诗艺的日臻成熟。他写历史的诗作，大致都是以叙事为主基调的。而对于现代诗歌来说，叙事性往往会冲淡了诗艺的展现。诗与小说、散文最大的不同，即在于语言的弹性和张力所能给读着带来的再创造的快感，而他所采用的叙事性的语言则很难达到这种诗意的效果，但读完他的诗，那种现实和历史的空间所产生的整体的弹性和张力，就像沉默的火山一下子爆发出来，比单个诗句的包含和意蕴要大的多，其诗意的表达也要完整和彻底的多。语言的凝炼和干净，也是他诗艺成熟的又一个特质。《李白醉草》中“李太白／悬笔／蘸墨／运腕／凝神／霎那间／只见唐朝的御纸上／雏燕翻飞／蝌蚪乱撞”，这些简短的句子，带来无限的诗意，引发长久的回味，甚至，你似乎能听到心灵的琴弦上那经久不息的颤音。这些看似简单的诗句，运用起来却有着很大的难度，掌握稍有偏差，就沦落为现在网络上批评的“梨花体”的诗歌，也就是那种把一个好端端的句子硬生生地断裂开来，分排成行的所谓的诗歌。而毋牧泉诗歌的分行或洋洋洒洒长句子出现，或两三个字一路下来，或短句相排组成一行，或长句断开错落有致，一切看似不经意，一切又似乎浑然天成，若非功力了得，断难如此。

总而言之，我对毋牧泉诗歌的印象也就三个词汇：历史的天空，抒情的沃土，艺术的画廊。

谈毋牧泉的《秋风中的杜甫》

王西兰

毋牧泉的《秋风中的杜甫》，诗的意象是很艺术的。第一节，冷雨、秋风、茅草、顽童，还有老翁杜甫，寥寥几个词组，勾勒出了《茅屋为秋风所破歌》的意境，仿佛一幅透着浓浓诗意的图画。“蜀中的秋天呀，你给老年的诗圣，出了一道多么难解的方程！”杜诗的诗意，诗圣的诗心，都表现出来了，具有多么丰富的内涵，而且是多么优美的诗句。“难解的方程”，多么有诗的意象，诗圣在他的年代里面对为秋风所破的茅屋，是无奈的，他发出的“安得广厦千万间，大庇天下寒士俱欢颜”呼唤在秋风中显得那样无力。我们的诗人毋牧泉，以过人的艺术感受理解了他的无奈，理解了他的诗心，而且把自己对诗圣的理解艺术地表达出来。第二节里，作者的诗的意象更是我们不曾想到的，“你把云想衣裳花想容的艳丽，以及蜀道的艰险，一起推给太白；把玄宗和贵妃的缱绻，遗给乐天；而你，一个乱世的小官，却苦苦在秦豫小道上，追踪那三个官吏，寻找那三场离别……”（为书写方便，标点为我所加）没有对杜诗的艺术感受，写不出这样的诗句；没有自觉的艺术表达意识，没有诗意的艺术的想象力，也写不出这样的诗句。作者的艺术感受和艺术表达的自觉是显而易见的，是难能可贵的。我们想想自己读过的那么多分行的、押韵的但又毫无诗意的所谓的诗，就可以知道这首诗的价值了。《红楼梦》里写贾宝玉和几个朋友吃酒，酒令是每人四句诗，呆霸王薛蟠念的是："一个蚊子哼哼哼，两个苍蝇嗡嗡……"大家说不行，这算什么诗？贾宝玉是令官，当了和事佬，说："押韵就好，押韵就好。"这其实是骂那些没有艺术想象和艺术表现力的所谓诗人。诗最是讲究艺术和诗意的，没有艺术，没有诗意，只把句子分成行，押了韵，并不能叫做诗。这首诗的缺憾在于最后一节不简练，诗意也没有上去。聂夷中是悯农，杜甫更博大些，是忧民。前面写的那么好，对诗圣的理解那么好，我以为诗的后面会有这样一句："人民，在诗圣的心中，于是，一千多年后的今天，诗圣，还在人民的心中。"我不会写诗，句子不好，但在这首诗里，是应该有这样的意象的。

河东儿女的家国情怀

毋世朝

堂兄信礼，笔名牧泉。数十年笔耕不辍，终于要结集出版了。我将他的自选集通读了一遍，并总结出四个字——家国情怀！一位与共和国同龄的文学爱好者，在他那个年代“完全小学”毕业的农村少年，从村里务农，到乡镇拖拉机手；从小学教师，到县城文联书店经理；从一篇篇的文学作品发表，到诗歌散文小说全面开花结果，成为山西省作家协会会员……其中的艰辛探索和热情付出，令人感慨不已。而文集中诸多优秀篇章，让我回忆童年，记挂故土，感念乡情，似乎又回到了曾经贫困、如今富饶美丽的村庄。

我们的家乡西齐永村，位于古河东峨嵋岭西端之南缘。北依吕梁，东临盆地，南瞰中条，西邻黄河，两面环沟，梯田层层，大有“一夫当关万夫莫开”之势，故有两千多年前齐王韩信“木罂渡河”后，在此安营扎寨并操练部队的故事世代相传，也便有了“齐永”村名的渊源——古时候这里叫作“齐王砦（寨）”的，因转音而演绎为今名。这里是典型的黄土高原，土厚水肥，阳光普照，一望无际的桃果林，替代了三十年前的麦浪滚滚、粮棉丰登。乡亲们早出晚归，日晒雨淋，劳作不息，终于换来了渴望已久的幸福光景。

然而，我们的童年，是在极其艰苦的环境中生存，乡村人家的日子都过得紧巴巴的，说吃不饱穿不暖也不为过。就是在这样艰难的生活中，也自有童年的幸福快乐在。集子中所记述的那些钹花、枣花、桃花、远志等花草，那些收麦子、秧红薯、织土布、池塘洗衣裳的民俗，更有摘桑葚、灌禾鼠、捡麦穗、夜里闹洞房这些纯属于儿童的往事，至今都历历如在目前，让人在怀念中回望故乡。因为亲身经历而真切，因为情节生动而稔熟于心，于是，便有了娓娓道来的回忆，便有了置于床头的文学和历史价值。牧泉兄长我十多岁，但那时还处于古老农耕文明的尾声，数十载而大同小异。流传数千年的鸡鸣狗吠、炊烟袅袅、日出而作、日入而息的乡村画卷，依然散发着泥土的芳香。

正是在这样的情境中，上过了“完小”——在那个时代的农村已算是中等学历的农村少年，不满足于面朝黄土背朝天，不满足于族群往来但相对封闭的生活空间，他向往着外面的精彩世界，他要实现远大抱负，于是在一个后来定不能忘记的日子里，走出了生他养他的村庄，来到更大的天地，选择自己心中更好的职业。拖拉机手、小学教师、书店经理、作家梦想，一个又一个向他迎面而来……这一相遇与追求的过程，一晃就是数十年，其间的酸甜苦辣只有他自己担承，自己体味，自己陶醉并快乐着。而在职业生涯的一次次嬗变中，是一颗不安分的灵魂，是追求更快更高更强的热望。阅历在增长，眼界在开阔，知识在沉淀……他幸好遇到了文学，或者说长期对文学的爱好，促使他拿起笔来，记下这数十年的心路历程，不仅是童年的乡村见闻，而且扩展到整个河东，甚至世界。于是，他与卫夫人、王羲之对话，他与李白、杜甫把酒，他与王之涣同上高楼，他与苏东坡一起种田，他与李贺骑一头毛驴觅诗，他甚至与梵高学画，与布鲁诺为真理献身，从此凤凰涅槃。

对生活的感悟，对文学的渴望，对人情世故的欢喜与悲伤，都通过他的笔，展示给世界。他已经不是农民，不是工人，不是经理，甚至也不是专业作家，但他完成了一个农村少年对人生尽可能的跨越与转变。他退休了，常年生活在运城这座城市的一个不显眼的小区里，但他每年要回到家乡西齐永村住上一个夏天，那是枝繁叶茂但忘不了的根。那里风景优美，那里屋舍俨然，那里可以与父老乡亲谈笑风生，那里有无论走到哪里也割舍不断的亲情、友情和爱情。歌曰：

峨嵋雄踞，南山若黛，黄河奔流，坡上坡下果林旺

农人勤耕，翰墨如诗，歧路达畅，水东水西浮桥长

……

牧泉兄，愿你生活愉快，身体健康！愿你历尽千帆，归来仍是少年！愿你写出更深更精更美的作品，回报河东，回报西齐永，回报没有最好只有更好的成功人生。

后　记

毋牧泉

《汉风唐韵》中的不少内容起源于我对故乡和童年的不断回望。在我多年来坚持不懈的阅读和写作中，故乡一直是强有力的支撑点，而童年则是我取之不竭的武器库。故乡不仅仅孕育生命，还源源不断地为身处异乡的游子们输送精神力量。只有背靠故乡坚实的土地，我才能找到一种文化自信。

我们这代人的童年是在贫困中度过的。那时候的吃穿住行几乎完全依靠故乡的土地，这也是我们对故土感情深厚的一个重要原因。尽管物质缺乏对于人的考验有时候是刻骨铭心的，但只要你仔细品味，故乡对于你人生的每一个阶段都会有慷慨的馈赠，而这种赠与往往多于生存磨难对你的考验。

于是，我把多年来多以家乡为题材的文学作品初步整理后，寄给了在省城工作的堂弟毋世朝。他热爱文化事业，不仅出版过散文集《走过》，还协助故乡编撰推出了村志、族谱以及书画辑等文献图书。在收到书稿后，他订正错讹，抒发感受，并联系出书事宜。而我的表弟王镇虎为当代著名毛体书法家，并擅长绘画，尤其善于表现毛泽东诗词意境，被誉为“中国毛体书法诗意画创意第一人”。

他读到本书后，情之所至，欣然命笔，精心为本书插画并题写了书名。这本书也算是我们三兄弟献给故土的一份礼物。

一本书的出版，其实是集体智慧和汗水的结晶。我还要感谢省城的作家吴国禄先生、运城市文联原主席王西兰先生以及我的临猗文友杨进元先生。他们所写的推荐文字为本书增色不少。

感谢北岳文艺出版社出版本书，感谢责任编辑孙茜、刘晓京的精编细校，并感谢为了本书出版而费心流汗的所有幕后工作者。